外国名作家文集　鲍里斯·维昂卷

红　草

L'herbe rouge

［法］鲍里斯·维昂 ／著
蒙　田 ／译
Boris Vian

漓江出版社
·桂林·

图书在版编目(CIP)数据

红草/(法)鲍里斯·维昂著；蒙田译.-- 桂林：漓江出版社，2024.9
 ISBN 978-7-5407-9600-6

Ⅰ.①红… Ⅱ.①鲍…②蒙… Ⅲ.①长篇小说—法国—现代 Ⅳ.①I565.45

中国国家版本馆CIP数据核字（2023）第203337号

HONG CAO

红草

[法]鲍里斯·维昂 著
蒙田 译

出版人：刘迪才
策划编辑：张谦
责任编辑：辛丽芳
书籍设计：石绍康
责任监印：张璐

出版发行：漓江出版社有限公司
社址：广西桂林市南环路22号　邮编：541002
发行电话：010-85891290　0773-2582200
邮购热线：0773-2582200
网址：www.lijiangbooks.com
微信公众号：lijiangpress
印制：北京博海升彩色印刷有限公司
[北京市通州区中关村科技园区通州园金桥科技产业基地环宇路6号　邮编：100076]
开本：880 mm×1230 mm　1/32
印张：5.5　字数：127千字
版次：2024年9月第1版　印次：2024年9月第1次印刷
书号：ISBN 978-7-5407-9600-6
定价：39.80元

漓江版图书：版权所有，侵权必究
漓江版图书：如有印装问题，请与当地图书销售部门联系调换

总 序

胡小跃

在法国文坛，乃至在世界文坛，像维昂这样在那么短暂的生命中从事过那么多活动，涉足过那么多领域，创造出那么多作品的作家，实属罕见。他是小说家、工程师、爵士乐小号手、剧作家、翻译家、作曲家、诗人、画家、乐评家，还演过电影，录过歌，导过歌剧，当过大型音乐公司的艺术总监，写过导游手册。他在每个行业都干得风生水起，留下大量杰作。

我们在这里只谈他的小说，主要是长篇。

维昂共创作了长篇小说11部，生前出版9部，死后1部，未完成1部；7部以鲍里斯·维昂本名出版，4部以韦尔侬·沙利文为名，谎称是译著，自己冒充译者。此外，他还写了60多部中篇，收入5部小说集中。

维昂的处女作小说是《供文化程度中等者阅读的童话》，这是他在妻子米歇尔住院开刀时,为了给妻子解闷而写的,完全是一部自娱自乐的作品,算不上是严格意义上的小说,所以作者把它叫作"童话",写的是一个王子骑着马出发寻找当时罕见的食糖,一路险遇,一身荒唐,引人发笑。作品有三个版本,其中最完整的那个版本有作者画的插图。

但大家都把《脑包虫和浮游生物》当作维昂的第一部小说,因为《供文化程度中等者阅读的童话》并未写完。和"童话"一样,"脑包虫"也是一部游戏之作。由于在工作单位闲得发慌,维昂便用写作来打发时间,讲述的是自己身边的事:一方面是阿弗雷城家庭聚会的狂欢,另一方面是在法国标准化协会工作的沉闷。故事在巴黎与郊区两地之间穿插变换,作者的大部分朋友都漫画式地出现在书中,尤其是好友"少校"。"少校"在书中爱上了姑娘齐扎妮,但姑娘的监护人不同意他们的婚事,于是"少校"施展了一系列诡计,最终抱得美人归。书中有个名叫昂提奥什·汤布雷的人,是"少校"形影不离的伙伴,其实写的就是作者自己。作品具有荒诞色彩,大玩文字游戏,使用了许多新词,典型的"有话不好好说"。书名带有暗示意义,"浮游生物"暗指无聊、轻浮,"脑包虫"(vercoquin)隐射玻璃制品(verrerie),维昂在法国标准化协会具体负责的项目就是玻璃制品的标准化工作。

小说由维昂口述,米歇尔打字,1944年动手,当年基本完成,后来有所补充和修改。维昂把书题献给隔壁的大作家让·罗斯坦，并在朋友圈中传阅。稿子传到了罗斯坦的儿子弗朗索瓦手里，弗朗索瓦拿去给父亲看。罗斯坦觉得挺有意思，便把它推荐给他熟悉的著名作家格诺。格诺是伽利玛出版社审读委员会委员，刚刚设立一套丛书，叫"风中之羽"，想收入一些边缘化但具有挑衅性的作品，即反常规的小说，目的是让读者发笑，忘记战争的伤痛。格诺读了维昂的稿子之后觉得很符合丛书的要求，便约见了维昂，建议做些修改，主要是减少书中对小说家的调侃。格诺和维昂有着共同的爱好，都"喜欢文字游戏，喜欢电影和爵士乐，艺术趣味广泛"，这使他们很快就成了忘年交——格诺比维昂大17岁，后来成了他在文坛的保护人。1945年，在格诺的安排下，维昂与伽利玛出版社签了合同，第二年，小说出版。

《脑包虫和浮游生物》的出版，让维昂深受鼓舞。从此，写作从个人游戏变成了一种内在的需要。在格诺的推荐下，他走向了文坛，认识了许多记者和编辑，尤其是与萨特和波伏瓦的友谊使他很快就成了《现代》杂志的作者之一，讲述"少校"充满诗情画意的旅行故事的《蓝色的鹅》就发表在该刊上，另一部中篇《临时演员》则写他第一次拍电影的经历，这些作品后来都收在中篇小说集《蚂蚁》当中。

1946年3月，维昂开始写《岁月的泡沫》，三个来月就写完了，讲述的是一个荒诞不经而又感人至深的爱情故事。在给新闻界提供样书时所附的插页中,他自己是这样概括书的内容的:"科兰遇到了柯萝爱。他们相爱,结婚。柯萝爱病了,科兰不惜倾家荡产去救她,但医生无能为力。柯萝爱死了,科兰也活不下去了。"

《岁月的泡沫》被格诺称为"当代最凄婉动人的爱情小说"。科兰刚刚追到他的柯萝爱,柯萝爱就在新婚蜜月旅行途中得了怪病,肺部长了一朵睡莲,从此长期卧床不起。为了给妻子治病,购买能减轻妻子病痛的鲜花,科兰倾其所有,四处求职,不惜从事低下而繁重的工作,受尽非人的折磨。如果到此为止,这部小说还只是一部普通的爱情小说,不足以反映维昂过人的才气。维昂的神来之笔在于,他还在书中浓墨重彩地写了一只甘愿为主人牺牲的灰鼠。科兰为爱憔悴,徒劳地向睡莲复仇,竟连他养在家中的那只宠物鼠也悲痛欲绝,无法承受,最后把自己送到猫的嘴里,以求了断。

除了科兰与柯萝爱,小说中还描写了另一对情侣西克和阿丽丝。西克本来就不富裕,却疯狂地迷上了让-萨尔·保特(暗指萨特),搜集他的每一部作品,不惜花光准备用来置办婚礼的钱,最后破产,因逃税而被捕。阿丽丝愤而纵火烧毁书店,杀死让-萨尔·保特,自己也葬身火海。

小说中充满奇特的想象,许多情节荒诞离奇,让人难以置信,如科兰利用自身的热量制作枪筒,柯萝爱肺部长出永远无法根除的睡莲，钢琴能调出鸡尾酒……作者把现实的和超现实的描写巧妙地结合在一起，多层次、多色调地折射出社会生活。作者在前言中说，小说的故事彻头彻尾是他想象出来的，但从现实中汲取了真实的故事。换言之，这是现实的反映，但背景有所失真。小说综合了他各时期的经历，"有很多的快乐，也有一点小小的危险，心里觉得受到了威胁"：死亡的威胁、疾病的威胁。

《岁月的泡沫》仍被格诺收入"风中之羽"丛书，印了4000册，但没卖出几本，媒体也没什么反应，这让维昂大失所望。此时，维昂正陷入"韦尔侬风波"中，他冒充译者以"韦尔侬"名义出版的《李·安德森的复仇》正面临着指控和起诉。这本书的故事发生在美国南部，表现的是美国黑人艰难的生存状态，是当时最大胆的反种族主义的小说之一。李·安德森的母亲是个混血儿，他弟弟因为爱上一个白人女孩而被杀死。他离开家乡来到另外一个城市，在一家书店当店员，并与当地的一群酗酒且男女关系混乱的年轻人为伍，以强奸、虐待和残害白人女孩来为弟弟复仇。这部作品与维昂署真名的小说风格完全不同，充满了触目惊心的暴力场景，也是"韦尔侬"系列中最有代表性的一部。

1946年9月，假期结束后，维昂的生活恢复常态，继续回纸张管理办公室上班，同时想着下一部小说，打算用一个既真实又荒诞的故事来赞扬人类的巨大毅力。这部名叫《北京的秋天》的小说跟北京没有关系，跟秋天也没关系，写的是一批工程师进驻一个沙漠，建造一条铁路，背景不清楚，铁路的用途也不清楚。施工现场有人进行考古发掘，也有人寻找"信仰之线"，铁路管委会则设在当地唯一的一家宾馆里，宾馆将来要被铁路一分为二。维昂的小说人物一般都很少，这部作品却有三十多个。爱情故事是避免不了的，但这回是三角恋，两个工程师爱上了同一个女人罗歇尔。故事滑稽而幽默，作者把自己痛恨的几个人写进了小说，那个凶悍而好为人师的神甫佩蒂·让无疑是与他争夺七星奖的格罗斯·让，总是被称为"混蛋"的工头阿尔朗与反对他得奖的审读员马塞尔·阿尔朗同名，而行政委员会主任于尔絮·鲍伯朗男爵显然指的就是波朗。《北京的秋天》是维昂在1947年写的，他仍希望能由伽利玛出版社出版，但遭到了拒绝，也许是因为结构太怪，也许是因为影射了审读委员会的若干成员，也许是因为前两部小说没有反响。不得已，维昂只好把书稿交给出版过《李·安德森的复仇》的让·阿吕安出版，但它跟后来的中篇小说集《蚂蚁》一样，完全卖不动。

1948年，尽管《李·安德森的复仇》受到攻击，维昂还是把它改编成戏剧，搬上了舞台，但只演出了三个月。当年夏天，他开始写《红草》，这是一部科幻小说，也许是他写得最上心的作品，写得很慢，不断地修改，换书名，叙述结构多次打乱重组。小说讲的是一个名叫沃尔夫的工程师设计和制造了一台忘忧机，可以让人回到过去，重新审视和分析自己的经历。在他回去的每个阶段，都有许多人请他讲述和解释当年之所以那么做的理由——关于他的工作、生活、学习、家庭、爱情、宗教，为什么这样选择而不是那样。通过沃尔夫和那些人的对话，维昂探讨了一些哲学问题。这部作品让人想起威尔斯和卡夫卡的小说，它使作者得以回到内心，逐一检视自己的过去，让沉入心底的东西浮出表面，以便更好地排遣。这其实是一种心理分析，但维昂避免使用这个词，因为他对这一学科不是太尊重。

这部倾向于内心分析的小说尽管跟维昂的其他小说一样有不少黑色幽默的成分，但明显流露出作者的不安。如果说，小说中的沃尔夫不是维昂，维昂起码在书中想驱除心中不愉快的记忆：被家长溺爱的童年，担心性病的传播，生怕考不到文凭……《红草》首次预示了维昂即将到来的心理危机。这已经是他的第八部小说了，他仍希望能在伽利玛出版社出。具有讽刺意义的是，向他宣布坏消息的正是他的朋友格诺本人。格诺为他的朋友感到遗憾，在1949年12月22日的信中，他告诉维昂，马塞尔·阿尔朗对这部小说"持保留意见"，加斯东则采取了"紧缩限制政策"。

1950年，维昂又在酝酿一部小说《空心人》。这次，他将近距离地直视童年问题。故事发生地点让人想起维昂家战前的避暑地科唐坦。克莱芒蒂娜难产，心理医生雅克莫尔赶到村里替她接生后与她进行了一场谈话，发现村里怪事多多：老人被拍卖；偷腥的种马被钉上大钉子；不产奶的母牛被肢解；孩子们被当作奴隶，一犯错便遭受折磨、肢解、杀害……克莱芒蒂娜的原型是维昂的母亲，这个人物溺爱孩子，精神过于敏感，是偏执狂，为了保护自己的三胞胎，她把他们关在铁笼子里，脚上绑着铁块。

这部小说被认为是维昂最好的作品之一，美好的东西与恐怖的事物形成对比，黑色幽默伴随着阴森可怕的描写，让人发笑，也让人辛酸。小说情节怪异，时空倒错，对潜意识的探究和天马行空的想象使其带有强烈的超现实主义色彩。雅克莫尔是一个"新式"的心理医生，他的头脑突然就空了，没了知识，没了意愿，没了用途，成了一个没有过去、没有记忆的空空的需要填充的心理医生。但他尽管"空"，却渴望学习，好让自己肚子里有货。他通过心理分析来充实自己：分析了一只猫，猫空了，他却学会了猫的动作和习惯；分析了专门收集邻村耻辱的村民拉格罗伊之后，他终于在生活中找到了位置。

《空心人》是三部曲"王后的女儿们"的第一部，但书稿再次被伽利玛出版社拒绝，理由是背景太"做作"。维昂在给乌苏拉的一封信中表达了自己的痛苦："我知道很难读……我写笑话，写出来像是真实的，但我写真实的东西，人们却以为是笑话。"1953年，小说在一家无名出版社出版，格诺给了他一个安慰奖，并写了一篇热情洋溢的文章。但小说仍遭到失败,除了《艺术》杂志提到过这本书,其他媒体缄口不语。维昂愤怒而绝望,决定从此不再写小说。

以维昂为名写作的小说几乎全线覆灭,但"韦尔侬"的小说却非常畅销。《李·安德森的复仇》一年间销售了50多万册。《死者全都一个样》也不示弱,这部小说讲述的混血儿丹虽是黑人出身,却一身白皮肤。他成功地跻身于白人社会,过着优越的生活,直至一个自称是他弟弟的男子到来。该男子向他勒索钱财,威胁他说如果不给钱,便把他的出身公之于众。丹被迫杀死了这个"弟弟"。维昂以韦尔侬为名出版的第三部作品叫《杀死所有的坏家伙》,是一部侦探小说,故事发生在洛杉矶的一家夜总会里。主人公是一个年轻的美男,叫洛克·贝利,深受女士们喜欢。然而,他拒绝了她们,希望守身如玉直到20岁。一天晚上,他被人灌了毒,绑架到舒兹医生的诊所里,被强迫与一个漂亮的姑娘做爱,他拒绝了。事后,他与朋友们对舒兹医生的底细进行了调查……和"韦尔侬"的其他作品不同,这部小说不再采取当时流行的美国侦探小说的样式,而是靠近署维昂真名的作品,故事诙谐滑稽,情节一波三折。

1950年夏,维昂又以韦尔侬为名出版了第四部小说《她们没有意识到》,讲述两兄弟与贩毒集团周旋的故事。性与黑色幽默,"韦尔侬"的这两个标签在这部小说中得到了集中的反映。故事发生在华盛顿，迪肯去参加女友加娅组织的一场化装舞会，惊讶地发现她要结婚了，而未婚夫竟然是黑帮分子。在兄弟里奇的帮助下，他想弄清这桩反常的婚姻到底是怎么回事。

尽管维昂没有去过美国，但书中的地方色彩却相当浓，背景也描写得非常真实，还使用了许多美国俗语。为了更好地表现上世纪50年代美国的时代气息，作者引入了一些美国文化元素，如《金赛性学报告》和波托马克河上的汽艇。书中有大量的性描写——爱情中的性，倒错的性，尤其是女同性恋，让人大跌眼镜。书中的那些同性恋女子在恋爱的时候，"并没有意识到"自己错过了什么。

作为小说家的维昂在生前是失败的，如果说他署名"韦尔侬"的作品获得了些许成功的话，他以本名发表的小说却一再受到冷落，不被出版人和同代人理解，而他看重的却是这些小说，认为那才是他真正的作品，体现了他真正的文学才能。但他的观念太超前，奇特的想象力在战后老人掌权的法国文坛难以被人接受，他的黑色幽默常使人尴尬和无措，他在书中大量玩弄文字游戏又使语言纯洁主义者感到不悦，读惯传统作品的读者无法忍受他的肆意妄为和天马行空，加上他又喜欢在小说中影射他人，这就更让文坛的那些大佬生气。而且，他从事了太多的工作，尤其是在音乐方面名声太响、影响太大，遮住了他在文学方面的成就，因此他的文学创作往往会被文人们认为太业余,这就使得他在文坛上步履艰难。尽管有格诺、普雷维尔等名人的支持,但反对他的势力同样强大,本来可以成为他的大靠山的萨特又因与他太太的微妙关系而成了"叛徒",他在文坛上出局似乎不可避免。

然而,在他死后,尤其是到了法国"68学运"之后,他的价值渐渐被人认识,追求自由、反叛社会、寻找个人价值的年轻一代在他身上看到了自己想寻找的东西,他那种蔑视传统、无所畏惧的精神获得了年轻人的尊敬,他们在他的嬉笑中找到了严肃的东西,又在严肃的东西里面找到可笑的成分。这位工程师不拘一格的语言中隐藏着诗意的故事,生存的艰难、时光的流逝、死亡的威胁在他的小说中呈现出梦幻般的色彩。他们喜欢他的幽默,欣赏他不竭的创造力和不倦的探索,钦佩他不断挑战成见的勇气。被吉贝尔·佩斯图罗称为"我们这个时代的流星"的作家并未转瞬即逝;相反,这颗流星落地后发出了神奇的光芒,随着岁月的洗涤,显得越来越璀璨夺目。维昂生前勉强出版、无人喝彩的小说,在他去世后一再重版,光是袖珍丛书就出了30多种;《红草》至今已销售了100多万册;《空心人》每年销量在1.5万册左右,总销量达到了170万册;连《脑包虫和浮游生物》也卖了18万册,截至2009年维昂去世50周年,总销量达到了27万册。1999年至2003年,法雅尔出版社在五年时间里出齐了他的作品,全集洋洋洒洒15卷;2010年,曾无情地拒绝他的伽利玛出版社把他的作品收入了"七星文库",这表明,他们已正式把他列入一流作家的行列;2011年,法国国家图书馆为维昂举办了一个大型展览,展出了维昂的大量手稿和物品,包括他的《供文化程度中等者阅读的童话》和《十四行诗百首》的手稿;2013年,《岁月的泡沫》再次被拍成电影,同名小说蹿上图书销量排行榜榜首,这部作品自从被选为法国学生的教材之后,每年的销量都在10万册以上,被译成了17种外文,成了学界研究的课题。正如评论家安德烈·克雷雅所言:"如果说,他(维昂)在短暂的一生中,从事了许多各种各样的活动,那么,今天,他的名字已列入法国文学最重要的作家当中。"

2013年12月

2022年9月修订

[法]鲍里斯·维昂

(Boris Vian, 1920—1959)

维昂和音乐界的朋友们。前排左一为艾林顿公爵,是维昂非常推崇的爵士乐大师(1948年)

维昂和第二任妻子乌苏拉

《红草》法文版封面

电影《红草》剧照(1985年)

维昂的葬礼（1959年）

目 录

红 草

003 / 第一章
006 / 第二章
009 / 第三章
013 / 第四章
015 / 第五章
020 / 第六章
026 / 第七章
030 / 第八章
035 / 第九章
038 / 第十章
041 / 第十一章
043 / 第十二章
048 / 第十三章
052 / 第十四章

054 / 第十五章

058 / 第十六章

064 / 第十七章

066 / 第十八章

070 / 第十九章

076 / 第二十章

082 / 第二十一章

086 / 第二十二章

090 / 第二十三章

098 / 第二十四章

101 / 第二十五章

109 / 第二十六章

114 / 第二十七章

118 / 第二十八章

121 / 第二十九章

127 / 第三十章

130 / 第三十一章

140 / 第三十二章

143 / 第三十三章

151 / 第三十四章

153 / 第三十五章

红草

第一章

　　风，温暖而慵懒，卷着一捧树叶吹向窗边。沃尔夫痴迷地看着摇曳的枝丫，凝视着风静时树叶间透过的一角细碎日光，突然毫无理由地抖了抖身子，按着书桌边缘站起来。他把木地板弄得吱吱嘎嘎响，作为弥补，他蹑手蹑脚地带上门，走下楼梯，来到屋外，踏着两旁长满荨麻的砖石小径，穿过本地红草，向"方地"走去。

　　那台机器在百步开外，灰色的钢结构划破天空，用冰冷的三角形框住了蓝天。机械师萨菲尔·拉居里的连体工作服在发动机旁来回晃动，如一只硕大的茶褐色金龟子。沃尔夫远远地叫他，"金龟子"站起身来，抖动着身体。

　　他和沃尔夫在离机器十米处会合，然后一起走过去。"您是来检查的吗？"他问。"对，我觉得该来检查了。"沃尔夫答道。

　　他查看了一下机器，机舱已重新装上，四个粗矮的脚墩之间有一口深井，里面整齐地装着毁灭性元件，可随着损耗程度依次自动调配。

　　"但愿不会出什么岔子，"沃尔夫说，"毕竟有可能失灵，虽然计算得很准确。"

"这么一台机器,只要出一个岔子,"萨菲尔低声抱怨道,"那我就得去学狗屁嘟哝语①了,然后一辈子就只说那个。"

"那我也学,"沃尔夫说,"总得有人跟你说话吧?"

"得了!"拉居里兴奋地说,"狗屁嘟哝语,倒还不至于明天就要说。咱们开动吧!去找您的妻子和我的弗拉莉,她们也得来看看。"

"她们是得来看看。"沃尔夫随口附和。

"我骑摩托去,"萨菲尔说,"三分钟就回来。"

拉居里骑上小摩托,轰隆隆颠簸在砖石小路上。沃尔夫孤零零地站在"方地"中央。几百米外,矗立着粉红色的石头高墙,轮廓清晰。

沃尔夫站在机器前的红草中等待。这几天,好奇的看客不来了,他们要等正式揭幕那天才会来看热闹,在此之前,他们更愿意去爱尔哆啦咪酒吧②看那些疯狂的拳击手以及用被毒死的老鼠耍把戏的人。

低垂的苍穹,静默地闪烁。眼下,爬到椅子上,手便能摸到天空,但若骤风吹过,风向突变,天空便会收缩、升高,延伸到无限远……

沃尔夫走到操纵台前,干瘪的双手触按坚固的表面。他像往常那样微倾着头,刚毅的侧影映衬在控制柜坚固性较差的薄钢板上。风吹得他白色的棉布衬衫和蓝色长裤紧贴在身上。

他站着,略显困惑,等着萨菲尔回来。一切就这样开始了,十分

---

① 此处原文"Brenouillou",是维昂造的新词,用以指称他凭空想象的一种语言。该词为基于"brenne"(俚语词,意指粪便)和"nouille"(面条)组成的首尾缩合词,也可解释为"bredouiller"(嘟哝,含糊不清地说)的近音词。在拉伯雷的《巨人传》中,也曾出现"brenous",意思是"merdeux"(意指粪便)。

② "爱尔哆啦咪"(Eldorami)酒吧是作者对巴黎一家著名的音乐酒吧"爱尔多拉多"(Eldorado)诙谐幽默的模仿。

简单。这一天同往日别无两样,唯有训练有素的观察者方可看到一条细长的斑纹,形若金色的裂缝,划过机器正上方的蓝空。但沃尔夫沉思的双眼却梦游于红草之间。"方地"西墙后的路边,不时传来汽车短暂的回声,声音传得很远:那天是休息日,人们在寂静中无聊地消磨时光。

　　这时,摩托的小马达在砖石路上响起,几秒钟后,沃尔夫不用转身便可闻见妻子金色的香气。他抬起手,指头按下开关,随着一阵轻柔的咝咝声,发动机开始运转起来。机器颤动着,灰色的机舱回到井上的位置。他们一动不动地看着。萨菲尔拉着弗拉莉的手,一排金色的刘海罩住了她的双眼。

第二章

他们四人一起盯着那台机器,第一个元件的卡锁启动第二个元件,第二个元件随之啮合,发出一阵刺耳的咔嗒声,并在机舱底部取代第一个元件。坚固的平衡器左右摆动,非常平稳,无任何停顿和震荡。发动机进入运转状态,排出的废气在灰尘中划出一道长长的槽印。

"机器转动了。"沃尔夫说。

莉儿紧挨着他。隔着工作服,他能感觉到她髋部那富有弹性的线条。

"接下来,你会休息几天吗?"她问。

"我还得继续。"沃尔夫说。

"但你完成他们要求的工作了,现在都已经做完了。"莉儿说道。

"还没完呢!"沃尔夫说。

"沃尔夫,"莉儿嗫嚅着,"这么说,永远都完不了?"

"再说吧……"沃尔夫说,"首先得要……"

他犹豫了一下,然后又说:

"等各项测试完毕,我会试一下机。"

"你究竟想忘记什么?"莉儿哭丧着脸问。

"人什么都想不起来的时候,事情肯定会完全不一样。"沃尔夫回答说。

莉儿还是不罢休。

"但你应该休息一下,我要我丈夫两天。"她低声说,声音中流露出情欲。

"我明天可以陪你,"沃尔夫说,"但到后天,等机器跑够了,我还得进行校准。"

萨菲尔和弗拉莉在他们的身边拥抱在一起,一动不动,萨菲尔第一次敢将嘴唇贴上女友的芳唇,并嗡着她唇上覆盆子的芳香。他闭上眼睛,机器的轰鸣声足以把他的思绪带到远方,然后,他凝望着弗拉莉的嘴,还有她那双犹如母鹿/猎豹般上挑的眼睛。突然,他感觉到有人在他身边,但并不是沃尔夫和莉儿,而是一个陌生人。他定睛细看,发现身边有个男人[①]正看着他们俩。他不禁心扑扑直跳,却没做出任何反应。他等着,继而决定用手蒙住眼睑。莉儿和沃尔夫在说话,他能听见他们的呢喃。他使劲挤压着眼睛,直至两眼冒金星时才又睁开。没有任何人。弗拉莉什么也没有发觉,她紧挨着他,几乎无动于衷……他自己也没想他们在做什么。

沃尔夫伸手抓住弗拉莉的肩:"今晚,你和你的淘气包男友到我家里吃饭好吗?"

"哦,好啊!"弗拉莉说,"这次您得让参议员杜邦跟我们一块儿热闹一下。那可怜的老朋友,它老是被关在厨房里!"

[①] 黑衣男子在小说中多次出现,灵感或来自19世纪法国诗人缪塞的《十二月之夜》中的诗句:"一位身着黑衣的陌生人/与我如兄弟般相似。"或受美国作家范·沃格特的影响,鲍里斯·维昂曾译过他的两本小说。

"它会饿死的。"沃尔夫说。

"太好了,"拉居里极力装出一副高兴的样子,"这么说,我们能大吃一顿了。"

"放心吧,我肯定会给你们做好吃的。"莉儿说。

她很喜欢拉居里,他看起来那么年轻。

沃尔夫对拉居里说:"明天,这些就由你来监控了,我休息一天。"

"不是休息,"莉儿一边紧挨着他一边喃喃低语,"是和我一起休假。"

"我可以来陪拉居里吗?"弗拉莉问。

萨菲尔轻轻地按她的手,以示感谢。

"可以,我同意,但千万别搞坏东西。"沃尔夫说。

机器又发出急促的咔嗒声,第二个元件的末端将第三个元件从备件中抽取出来。

"它自己转了,"莉儿说,"咱们走吧!"

他们原路返回,个个精疲力尽,仿佛经受了很大的压力。黄昏中,他们辨认出参议员杜邦那毛茸茸的灰色身影,女用人刚把它放出来透风,它声嘶力竭地喵喵叫着朝他们跑过来。

"谁教它学会喵喵叫的?"弗拉莉问。

"玛格丽特,"莉儿答道,"她说她更喜欢猫,参议员对她根本就没办法,但这样叫搞得它喉咙很疼。"

在路上,拉居里牵着弗拉莉的手,回头看了两次。他又感觉到有个男人在跟踪窥视他们,也许是自己精神太紧张的缘故。他用脸颊摩挲着与他并肩行走的金发女友的长发。在他们身后,机器的嗡嗡声在晴雨不定的天空下远远地回荡,"方地"上死一般荒凉。

第三章

沃尔夫在自己的盘中挑出一块好骨头，放在参议员的盘子中间。参议员可怜的脖子上高雅地系着一块餐巾，在他面前正襟危坐。它兴高采烈，发出欢快的犬吠声，但在女用人狂怒的目光下又很快转为抑扬顿挫的猫叫。女用人也送上了她的礼物，那是一大块软面包，用黑乎乎的手抓着，参议员咕噜一声便囫囵吞进了肚里。

宾主四人说着话，餐桌上典型的语言，"把面包递给我"，"我没有刀"，"把你的羽毛笔借给我"，"珠子在哪儿"，"我的蜡烛点不着"，"谁打赢了滑铁卢战役"，"心怀邪念者必自蒙羞"，"按米给母牛锁边"，等等。①他们说话很简洁，因为萨菲尔爱弗拉莉，莉儿爱沃尔夫，反之亦然，总之是成双成对。莉儿和弗拉莉也是一对，因为她们都是金色长发，芳唇诱人，身材窈窕。弗拉莉身材更为高挑，双腿颀长；莉儿则露出秀美的双肩，而且沃尔夫已与她成婚。萨菲尔·拉居里脱去茶褐色的连体工作服，更显含情脉脉。此时仅是前奏，他喝着纯酒。沃尔夫生活空虚，但不悲伤，等待之中；萨菲尔则是热情洋溢，

---

① "把面包递给我""把你的羽毛笔借给我""按米给母牛锁边"等，让人想起二战期间德军占领法国时伦敦BBC电台向法国抵抗运动者不断发出的密码信息。

难以形容；对莉儿而言，那是必然的；弗拉莉，生活简单，不东想西想，由于长着有如母鹿／猎豹般上挑的眼睛而显得无比温柔。

菜上来了，盘子撤下去了，沃尔夫不知道是谁。他不能看用人，因为这样会感到羞愧。他给萨菲尔和弗拉莉倒酒，前者饮酒，后者发笑。女用人走出门外，从花园带回一个装满泥巴和水的罐头盒，让参议员杜邦喝，想作弄它。它开始乱蹦乱跳，但还能自我控制，时而喵喵叫着，如同一只乖巧的看家猫。

如同大多重复性的事情一样，晚餐没有明显的时间长短，只是慢慢过去，如此而已。餐厅装潢得很漂亮，墙面贴着上漆的木板，配有宽大的浅蓝色玻璃落地窗，天花板上架着直溜溜的深色梁木。

地板上铺着淡橙色的地砖，中间稍微低陷，给人温馨私密的感觉。砖砌壁炉的颜色与地砖十分和谐，上面摆放着参议员杜邦三岁时的肖像，它脖子上系着一条精美的镶银皮项圈。一个透明的花瓶里插着来自小亚细亚的螺旋状鲜花，凸凹不平的花茎间游动着小巧玲珑的海鱼。透过窗户，可看见黄昏细长的眼泪滴落在云彩黑色的脸颊上。

"把面包递给我。"沃尔夫说。

坐在他对面的萨菲尔伸出右手，拿起面包篮，转而用左手递给他，这也未尝不可。

"我没有刀。"弗拉莉说。

"把你的羽毛笔借给我。"莉儿说。

"珠子在哪儿？"萨菲尔问。

他们停下片刻，因为这样已经足以在烤肉上桌之前不至于冷场。而且，今天晚上是盛宴，不吃烤肉。一只烤得金灿灿的肥鸡正躺在澳大利亚陶瓷盘中压低声音咯咯叫着。

"珠子在哪儿？"萨菲尔又问。

"我的蜡烛点不着。"沃尔夫说。

"谁打赢了滑铁卢战役？"杜邦参议员冷不丁地插嘴，打断了莉儿的话。

由此而引发了第二阵沉默，因为它完全出乎计划之外。为了炫耀自己，莉儿和弗拉莉异口同声地说：

"心怀邪念者必自蒙羞。"

"按米给母牛锁边，锁上两次。"萨菲尔和沃尔夫以完美的轮唱法回答。

但他们明显在想别的事情，因为他们的两双眼睛已经不协调了。

晚宴继续，大家欢喜。

"我们再坐坐好吗？"拉居里在上甜点时建议说，"我不想上楼睡觉。"

他住在二楼的一边，弗拉莉住在另一边，这纯属偶然。

莉儿本来希望和沃尔夫去睡觉，但她又想，见见朋友，沃尔夫可能会很高兴，让他开心，搔到痒处，皮肉舒坦①。她跟他说：

"打电话给你的朋友吧！"

"打给谁呢？"沃尔夫拿起电话，问。

有人给他说了几个名字，他们没有反对。这时候，为了保持气氛，莉儿和弗拉莉双双颔首微笑。沃尔夫放下电话，以为这样可以讨得莉儿高兴，因为她生性腼腆，从不把话说尽，所以他往往拿不准她的心思。

---

① 此处原文为 gratouiller，是一个复合词，由 gratter（刮）和 chatouiller（使发痒）组成，最早见于于勒·罗曼的幽默话剧《克诺克或医学的胜利》(1923)。

"咱们一会儿做什么呢?"他问,"还是和上几次一样吗?放唱片,开酒,跳舞,窗帘撕坏,马桶堵住?我的莉儿,只要你乐意,一切都没问题。"

莉儿直想哭,恨不得把脸埋入一大团蓝色的羽绒中间。她使劲将悲伤吞进肚子,叫拉居里打开酒橱,总得寻点开心啊。弗拉莉心知肚明,起身走过去捏了捏莉儿的手腕。

女用人用小勺子把调拌好的柯尔曼芥末灌入杜邦参议员的左耳朵里,权当甜点。参议员摇着头,担心摇尾巴会被误以为是表示尊敬。

莉儿从拉居里拿出的十瓶酒中挑出一瓶淡绿色的酒,倒满酒杯,不留加水的任何空间。

"弗儿,你也来一杯?"她建议道。

"好啊。"弗拉莉亲切地说。

萨菲尔躲到盥洗间补妆,沃尔夫透过西窗向外眺望。

红色的云彩成片地渐次消隐,伴随着阵阵喃喃细语,犹如烧热的铁片掉入水中发出的轻微响声。顷刻间一切都静止不动了。

一刻钟后,一群朋友前来参加娱乐晚会。萨菲尔走出盥洗间,鼻子被挤得发红。他放了第一张唱片。唱片很多,可以一直放到凌晨三点半到四点。远处,"方地"中央,机器仍在轰鸣,发动机冷峻的细微亮光穿透黑夜。

第四章

两对人还在跳舞,其中一对是莉儿和萨菲尔。莉儿很高兴,整个晚上都有人邀请她跳舞,借助几杯酒的酒力,一切都很顺利。沃尔夫看了一会儿,便溜回自己的书房,书房的角落里有一面很大的光滑银镜,立在四只脚上。沃尔夫走近镜子,伸直身子躺下,把脸孔凑近金属镜面,以进行男人和男人之间的对话。[①]一个银质沃尔夫在他对面等待,他把双手放在冰冷的镜面上,以确信对方确实在场。

"你怎么了?"他问。

他的影子一脸茫然。

"你想要什么?"沃尔夫又问,"这儿的空气很不错。"

他把手靠近墙壁,按下开关,屋内顿时一片漆黑。只有沃尔夫的形象仍然亮着,因为它吸取了来自别处的光。

"你怎么样才能从中摆脱呢?"沃尔夫继续说,"再说,又摆脱什么呢?"

影子叹气。一声疲惫的叹息。沃尔夫冷笑起来:

---

① 维昂在此对精神分析进行嘲讽,戏谑地模仿精神分析治疗中病人在躺椅上,让分析师助其释放潜意识的情形。

"好，你就抱怨去吧！总之，什么都行不通。可你等着瞧吧，我的伙计，我就要进到那台机器里了。"

影子显得相当厌烦。

"我在这儿，看见什么了呢？"沃尔夫说，"雾霭、眼睛、人群……稀疏的灰尘……还有这该死的天空，犹如一片腘膜。"

"安静点，"影子声音清楚地说，"你真让我们烦死了。"

"很令人失望？"沃尔夫嘲笑说，"你担心我忘记一切的时候会很失望，对吗？可是，失望总比茫然地希望好。不管怎么样，总得弄个明白。好不容易来了个机会……你回答呀，真讨厌！……"

对面的影子一言不发，不以为然。

"而且，你知道吗，那机器我可是一分钱也没掏。"沃尔夫说，"这是我有运气，我一生最大的运气。是啊，我怎么能错过这个机会呢？绝对不行。一个能摧毁人的方案总比什么不确定因素要强吧？你不同意吗？"

"不同意。"影子重复道。

"行了。"沃尔夫粗鲁地说道，"我说的算数，你说的不算数。你对我已经毫无用处了。我自己选择，明智。啊！啊！我可是说大事的。"

他吃力地站起身来，面前镜中的形象犹如刻印在一张银质的纸上。等他把灯重新打开，影子便慢慢消隐，他按在开关上的手又白又硬，一如镜子的金属。

第五章

　　客厅内的人一边喝酒一边跳舞。在回到客厅之前，沃尔夫稍事梳洗了一番，洗了手，胡子太长了，不太合适，马上剃掉，然后把领带结打得更宽，因为时尚刚发生变化。然后，他冒着撞墙的危险，逆行穿过走廊，途中打翻了漫长冬夜里用以调节氛围的熔丝断路器。灯光因而被谨慎地调至极柔和的X光线所代替，顷刻间舞者心脏的影像被放大，投放在荧光的墙面上。人们可以根据相应的心跳节奏看出是否喜欢各自的舞伴。

　　萨菲尔的舞伴是莉儿，他们俩一切都很好。两人的心脏外形虽差别很大，但都还比较漂亮，悠闲、安静地跳动。弗拉莉站在餐具橱旁边，心停了下来。其他两对舞伴重新组合，相互交换自己的法定雌性元素，从心脏跳动频率看，这一交换系统无可争辩地超出了跳舞的范围。

　　沃尔夫邀请弗拉莉跳舞。她温柔而冷淡地跟随着他的舞步，双双转到窗旁。这时已是深夜或是凌晨，夜色流泻在屋顶，卷起旋涡，犹如沉重的烟雾，沿着炽热的光线翻滚，并很快随之蒸发。沃尔夫慢慢停下，两人已来到门口。

　　他对弗拉莉说："来，我们一起到外面走一圈。"

"好吧。"弗拉莉回答说。

她顺手从盘子里抓了一把樱桃,沃尔夫闪身让她走出门。他们用整个身体去触摸黑夜。天空沉浸在黑暗中,游移不定,宛如一副处于消化状态的黑猫胸膜。沃尔夫拽着弗拉莉的胳膊,两人沿着卵石路走,脚下嘎吱嘎吱作响,像是燧石铃铛发出的尖脆乐声。沃尔夫在草地边一步踉跄,抓住弗拉莉以免摔倒,弗拉莉失脚倒下,两人一起跌坐在草地上,因为觉得草地很暖和,便并肩躺下,但相互不接触。夜幕突然颤动,露出几颗星星。弗拉莉嚼咬着樱桃,可听见清新、芳香的汁液在她口中绽开。沃尔夫平躺在地上,双手摩挲按压着芬芳的小草。他真希望就在这儿睡觉过夜。

"玩得开心吗,弗儿?"他问。

"嗯,很开心。"弗拉莉满脸疑惑地说,"可是,萨菲尔今天……很奇怪,他不敢吻我。他总是回头看,好像后面有人一样。"

"现在好了。"沃尔夫说,"他工作得太累了。"

"但愿如此。"弗拉莉说,"都结束了吗?"

"主要的都做完了,"沃尔夫说,"但我明天还得去试机。"

"啊,我很想去看看,您愿意带我去吗?"弗拉莉问。

"我不能带你去。"沃尔夫说,"理论上而言,它不是用作这个用途的,而且谁知道我在后面会发现什么呢?你向来没那么好奇,是不是,弗儿?"

"我太懒了。"她答道,"而且我几乎永远都很满足,所以没有好奇心。"

"你是温柔的化身。"沃尔夫说。

"您为什么跟我说这些,沃尔夫?"弗拉莉问道,音调有所变化。

"我没说什么。"沃尔夫轻声地说,"给我点樱桃。"

沃尔夫感觉到她那清凉的手指正抚摸着他的脸,寻找他的嘴巴,把一粒樱桃塞进他的嘴里。他让樱桃在口中温暖了几秒钟再咬,并咀嚼转个不停的樱桃核。弗拉莉离他很近,她身体的芳香与大地和青草的味道融为一体。

"你真香,弗儿。我喜欢你的香水。"

"我不用香水。"弗拉莉回答说。

她遥望群星在夜空中相互追逐,晶莹簇拥。右上方的三颗星星在翩翩起舞,模仿着东方舞蹈。黑夜的涡旋时而将它们遮住。

沃尔夫慢慢转身变换体位,一秒钟都不想失去与草地的接触。他想用右手撑地,却碰到一个静止不动的小动物的皮毛。他睁大眼睛,试图在黑暗中辨识它。

"我身边有一只温柔的动物。"他说。

"谢谢!……"弗拉莉答道。

她静无声息地笑着。

"我说的不是你。"沃尔夫说,"要是你,我会感觉到的。那是一只鼹鼠或一只鼹鼠宝宝。它不动弹,却是活着的……喏,我抚摸它的时候你好好听听。"

小鼹鼠开始发出哼哼声,红色的小眼睛如白宝石般闪闪发亮。沃尔夫坐起身来,把它放在弗拉莉的胸脯上,就在她裙子开胸处的两乳间。

"小家伙好温柔。"弗拉莉说。

她笑了起来:

"咱们在这儿真舒服。"

沃尔夫回身躺倒在草地上。他的眼睛已习惯黑暗，开始看清楚东西了。在他面前几厘米处，弗拉莉的手臂光滑而白皙。他凑近脑袋，嘴唇掠过她肘弯的凹陷处。

"弗儿……你真漂亮。"

"我不知道。"她低声说，"这儿真舒服！咱们在这儿睡觉怎么样？"

"是呀，可以在这儿睡觉，"沃尔夫说，"我刚才也想过。"

他的脸靠着弗拉莉那因年轻而还有点瘦削的肩膀。

"我们醒过来的时候身上说不定会爬满鼹鼠的。"她说。

她又笑了起来，笑声低沉，有点故意压低。

"草真香。"沃尔夫说，"草和你都香。有很多花，是什么花散发出铃兰花的香味呢？现在已经没有铃兰花了。"

"我记得铃兰花，"弗拉莉说，"从前，有很多铃兰花，田里都是铃兰花，密密麻麻的，像齐刷刷的浓密短发一样。我们坐在田中间摘花，根本就不用站起来。到处都是铃兰花。但这儿是另一种植物，开着橙色、小圆片的花。我不知道它叫什么花。在我头底下，是紫罗兰花，在我另一只手下，是阿福花[①]。"

"你敢肯定？"沃尔夫问，声音显得有点遥远。

"不肯定，"弗拉莉说，"我从来没有见过这种花，我只是很喜欢这个名字和这些花，所以就把它们联系在一起。"

"对，我们常这样做。"沃尔夫说，"常把自己喜欢的东西放在一起。如果不喜欢自己，我们永远都会孤独。"

[①] 真正的阿福花花朵华美而硕大，香气袭人。雨果曾在诗集《世纪的传说》(1859)中的一首十四行诗里提到阿福花："阿福花簇丛中透出清新的芬芳。"诗中描述一位年长的男子酣睡在一位年轻的女子身边，天空群星璀璨，周边是一片田园诗般的美妙景致，其情景与小说颇为相似。

"今晚，我们是独自两人，"弗拉莉说，"独自两人。"

她愉悦地叹息了一声。

"咱们在这儿真舒服。"她喃喃地自语道。

"我们整夜不睡。"沃尔夫说。

他们不再说话。弗拉莉轻柔地摩挲鼹鼠宝宝，小家伙发出心满意足的细嫩叫声。在他们的上空，露出夹的云层被游动的黑暗追赶，星星不时被遮住。他们沉默不语地睡着了，身体躺在温暖的大地上，沉醉在红色花朵的芬芳之中。天将拂晓，从屋里传来阵阵絮语，细声细语，一如艾林顿公爵的蓝色谢尔盖①。一株小草随着弗拉莉细微的呼吸弯下了腰。

---

① 此处的"蓝色谢尔盖"（Blue Serge）音乐让人想起维昂生前极为崇拜的艾林顿公爵于1941年在好莱坞录制的同名唱片。该曲是艾林顿公爵之子默瑟为纪念音乐家谢尔盖·拉赫玛尼诺夫而谱写的，风格神秘、悲怆、怪诞，曲终给听众留下令人忧虑不安的悬念。

第六章

沃尔夫懒得等到莉儿醒来,因为她可能要睡到晚上才会醒过来,于是随手写了张纸条,放在她身边,然后穿上专为玩扑鲁克球/乡巴球①而设计的绿色服装,走出屋外。

参议员杜邦被女用人套上了鞍辔,拉着装有小球和小旗的小车跟在他身后,车里还装有挖洞的小铲、挖植物的小尖刀、数进球的计分器、洞太深时用来吸球的虹吸管。沃尔夫把扑鲁克球杆放在罩中,斜挂在肩上背着。球杆一共有三根,一根是开角的,一根是死角的,还有一根是从来不用但却是最亮的。

此时已是十一点钟左右,沃尔夫感觉休息得很好,但莉儿昨晚通宵不停跳舞直到凌晨。萨菲尔应该已经在捣鼓机器了,弗拉莉可能也还在睡觉。

参议员杜邦牢骚满腹,它一点也不喜欢玩扑鲁克球,而且对小车极为不满。沃尔夫一定要它偶尔拉一下小车,说是为了让它做点运动,让肚子掉点肉。它神情忧郁,好像戴上了丧礼黑纱,觉得委屈极

---

① 原文为plouk,意指"高尔夫球",是维昂自造的新词,为法文plouc(意为"乡野""乡巴佬""土里土气")的幽默谐音词。

了，而且它的肚子肉也根本掉不下来，因为它得绷足了劲儿拉车。每走三米，它就停下来吃几口狗牙根①。

扑鲁克球场一直延伸至"方地"的南墙后。那儿的草一点也不红，泛着不太自然但很精美的绿色，小树丛和斜眼兔窝②点缀其间，可以在那儿玩扑鲁克球数小时而无须原路返回，这是它的主要可爱之处。他大步流星走着，尽情呼吸晨间清新的空气，时而叫唤参议员杜邦，并奚落它几句。看见它正扑上一株很高的狗牙根，他便问：

"你还饿呀？那你告诉我呀！我可以偶尔摘点给你吃。"

"得了，得了，"参议员咕哝道，"还好意思奚落我这条可怜的老狗，我几乎都没力气走路了，您还忍心让我拉这么重的车。"

"你总得做些运动呀，"沃尔夫说，"你都长肚子了。搞不好你的毛会全部掉光，长红斑，你会变得丑陋不堪。"

"身为动物，我这样就足够了。"参议员说，"不管怎么样，女用人死命地给我梳毛的时候，会把我那所剩无几的狗毛全部扯掉。"

沃尔夫走在前面，双手插在裤兜里，说话时连头都不回。

"不管怎么样，"他说，"假设有人搬来这儿住，而且，还养着……一条母狗……"

"您这样是哄不住我的，我可是见多识广。"参议员说。

"除了狗牙根。"沃尔夫说，"趣味可真怪。要是我呀，我会更喜欢一条漂亮的小母狗。"

---

① 狗牙根（chiendent）是禾本植物，用来泡茶，具有利尿功能，据说身体不适的狗喜欢啃吃该草，因而得名。此外，无独有偶，维昂的好友雷蒙·格诺的第一部小说名为《狗牙根》，并在另一部作品《严冬》中将一个人物取名为参议员。

② 原文为 lapins bigles，即"斜视的兔子"的意思，同时又因谐音，与 beagle（小猎犬）相近。小猎犬常被用来猎取狐狸、黄鼠狼、兔子以及老鼠等小型掘穴动物。

"那您千万可别错过机会啊，"参议员说，"我是绝对不会妒忌的。我只是肚子有点疼。"

"你吃了那么多，肚子能不疼吗？"沃尔夫说，"不过，你高兴就好。"

"嘿，除了泥巴浓汤、耳朵里灌芥末之外，其他还好。"参议员说。

"那你应该自卫啊，"沃尔夫说，"你完全可以教会她如何尊重你嘛。"

"我可不是值得尊敬的人，"参议员说，"我只不过是一条臭烘烘的老狗，整天就知道吃。"它把一只软乎乎的脚掌放到鼻子上，发出"呸，啐"的声音。"对不起，请给我一秒钟。这棵狗牙根质量可好了，"它开始啃吃起来，"如果您不嫌麻烦，请把皮带给我解开，它会妨碍我吃草。"

沃尔夫低下身，解开连接车辕的皮带，将参议员解放出来。参议员鼻子嗅着地面，走到旁边寻找一小块香味适宜的灌木丛，躲在里面吃狗牙根，免得沃尔夫认为它的行为丢人现眼。沃尔夫停下来等它：

"你慢慢吃吧。我们不着急。"

参议员杜邦只顾打嗝，没有答话。沃尔夫蹲在地上，臀部靠着脚跟，双臂搂紧膝盖，前后摇晃起来，满怀深情地哼着一首歌，以增添这一动作的魅力。

五分钟之后，莉儿来这儿找到了他。参议员还在吃，沃尔夫刚想站起身来去拍它的背，莉儿急匆匆的脚步声使他停了下来，他不用看就知道是谁。她穿着一条薄布裙子，披散的头发在肩上飘逸。她搂着沃尔夫的脖子，挨近他跪下来，贴近他的耳朵问：

"你为什么不等我？难道这就是我的假日吗？"

"我不想叫醒你，"沃尔夫说，"你当时显得很累。"

"我是很累，"她说，"你今天早上真的想玩扑鲁克球吗？"

"我主要是想走动一下，"沃尔夫说，"参议员也是，但它中途改变了主意。话说回来，你建议我干吗我就干吗。"

"你真好。"莉儿说，"我正是来告诉你，我忘了买一个很重要的东西，你放心去玩扑鲁克球吧，不用感到内疚。"

"你有十分钟吗？"沃尔夫问。

"我得去买东西，"莉儿解释道，"已经事先约好。"

"你有十分钟吗？"沃尔夫又问。

"当然啦，"莉儿回答说，"可怜的参议员，我当时就知道它会生病的。"

"不是生病，是中毒了，这可不是一码事。"参议员在灌木丛后面说。

"得了！"莉儿抗议道，"你干脆就说饭菜很糟糕吧！"

"那泥巴确实难吃极了。"参议员咕哝道，并声嘶力竭地尖叫起来。

"咱们先一起散会儿步吧。去哪儿好呢？"莉儿问。

"随便哪儿都行。"沃尔夫说。

他和莉儿同时起身，并将球杆放进小车中。

"我马上就回来，"他对参议员说，"你慢慢来吧，可别太劳累自己喽。"

"没问题。"参议员说，"我的天哪！我的脚在发抖，简直太可怕了。"

他们在阳光下走着。宽阔的草地宛若一片海湾，隐没在暗绿色的乔木林中。远处的树木苍翠茂密，棵棵紧挨着，让人也想成为其中一员。地上很干燥，落满了细枝。他们离开左边的扑鲁克球场，由于地面逐渐升高，球场在稍低处，有两三个人正在认认真真地打扑鲁克球。

"聊聊昨天吧，"沃尔夫说，"你玩得开心吗？"

"很开心,我一直在跳舞。"莉儿蹦蹦跳跳地说。

"我看见了,"沃尔夫说,"你老是和萨菲尔跳舞,把我给嫉妒死了。"

他们转向右边,走进树林中,可听见啄木鸟在玩摩尔斯电码小纸游戏①。

"那你呢,你跟弗拉莉干什么去了?"莉儿反唇相讥道。

"在草地上睡觉。"沃尔夫回答说。

"她很会亲吻吗?"莉儿问道。

"你好蠢,"沃尔夫说,"我连想都没想过。"

莉儿笑了起来,紧紧依偎着他,与他并肩齐步走,并不得不把步子迈得很开。

"我真想永远放假,一直和你一起散步。"

"你很快就会厌烦的,"沃尔夫说,"你看,现在就说要去逛街买东西了。"

"不对,这只是个偶然,"莉儿说,"你更喜欢你的工作,你不工作就受不了,就会发疯。"

"并非不工作才发疯,我本来就很疯。"沃尔夫说,"确切地说,不是疯,而是不自在。"

"你跟弗拉莉睡觉的时候可不是这样。"莉儿说。

"跟你睡觉的时候也不是这样,"沃尔夫说,"但今天早上你在呼呼大睡,我只好先走了。"

"为什么?"莉儿问。

---

① 小纸游戏的规则是参加游戏者传递一张纸,每人在其上写下几个字,然后叠起来传给下一个人。游戏结果所得文字往往滑稽可笑或极富诗意。超现实主义人士曾利用此游戏尝试"自动书写"。

"不然的话,我准会把你吵醒的。"沃尔夫回答说。

"为什么?"莉儿故作天真,又问。

"就为这个。"沃尔夫一边做着手势一边说,两人一同躺在树林里的草地上。

"不能在这儿,人太多了。"莉儿说。

但她似乎并不相信自己说出来的理由。

"你待会儿就不能玩扑鲁克球了。"她说道。

"我也很喜欢玩这个游戏。"沃尔夫对着她的耳朵轻声说。她的耳朵娇嫩可爱,让人简直忍不住要咬上几口。

莉儿几乎是幸福地叹着气说:"我真希望你总是休假。"

之后,随着几个动作,她又发出不同的呻吟声,一副幸福的样子。

她重新睁开眼睛。

"我特别、特别喜欢这个……"她最后说。

沃尔夫温柔地亲吻她的睫毛,以缓解彼此身体局部分离的遗憾。

"你究竟去买什么呀?"他问。

"买点东西而已,"莉儿说,"快走吧……我要迟到了。"

她站起身来,拉着他的手,两人一起奔跑到小车前。参议员神情沮丧,四脚趴在地上,在碎石上口吐唾沫。

"起来吧,参议员,"沃尔夫说,"咱们一起去玩扑鲁克球。"

"待会儿见,早点回来。"莉儿说。

"你呢?"沃尔夫说。

"我一会儿就回来!"莉儿一边跑开一边大声喊道。

第七章

"哇……好球,打得真棒!"参议员赞赏道。

球飞得很高,在天空中划下一道褐色烟雾,许久不散。沃尔夫让挥起的球杆回落原位,然后和参议员一起继续散步。

"对,我是进步了,"沃尔夫无动于衷地说,"但如果能多训练就好了……"

"谁也没有阻止你呀。"参议员杜邦说。

"可是,不管怎么训练,总有人比我打得更好,所以,这又有什么用呢?"沃尔夫答道。

"没关系,这毕竟是游戏嘛。"参议员说。

"正因为是游戏,所以才要争第一,"沃尔夫说,"不然的话就很愚蠢,如此而已。嘻!我打扑鲁克球已经十五年了,你以为我还那么兴致勃勃吗……"

小车在参议员身后摇摇晃晃,稍一倾斜就阴险地触碰着它的屁股。参议员不断地唉声叹气。

"真是活受罪!"它呻吟道,"再这样下去,不到一小时我的屁股肯定就全脱皮了!……"

"别那么娇生惯养。"沃尔夫说。

"哎呀,"参议员说,"到了我这把年纪,多丢人现眼啊!"

"我跟你说,散散步对你有好处。"沃尔夫说。

"让我难受不堪的事情能给我带来什么好处呢?"参议员问。

"什么事情都让人难受不堪,"沃尔夫说,"但我们总得做事……"

"哎呀,您以什么都不会使您开心为借口,认为所有人对任何东西都感到厌恶。"参议员说。

"那你现在想要什么?"沃尔夫问。

"要是别人问您同一个问题,"参议员咕哝着说,"您也不知道该如何回答吧?"

沃尔夫没有马上回答,而是摇晃手中的球杆,打断球场上到处生长、做着鬼脸的矮牵牛茎梗。被截断的茎梗流出黑色黏稠的汁液,膨胀成一个有金色纹饰的黑色小球体。

"这对我一点也不难,"沃尔夫说,"我只是老实地告诉你,什么都提不起我的兴趣。"

"这可是新事物,"参议员冷笑道,"那台机器用来干吗的?"

"那是一个不得已、让人绝望的办法。"轮到沃尔夫自嘲了。

"不至于吧,"参议员说,"您还没有全部尝试呀。"

"是的,确实没有全部尝试,"沃尔夫说,"但下一步我会的。不过,首先得对事物有一个清楚的认识。说了那么多,你并没有告诉我你想要什么。"

参议员变得神情庄重:

"您不会嘲笑我吧?"

它湿润的口鼻颤抖着。

"绝对不会，"沃尔夫说，"如果我知道有人真心渴望什么东西，我会重振士气的。"

参议员推心置腹地说道："自我满三个月以来，我就想要一个蛙貔鹈①。"

"一个蛙貔鹈。"沃尔夫心不在焉地说。

参议员马上又说：

"对，一个蛙貔鹈！……"

参议员重新鼓起勇气，声音也坚定起来。

"这起码是一个详细而具体的愿望，"它解释说，"蛙貔鹈是绿色的，长着圆圆的硬刺，扔在水上会发出'噗噜'声。反正，对于我来说，蛙貔鹈就是这样的。"

"这就是你想要的东西吗？"

"没错。这是我生活的目标，我这样就感觉很幸福。"参议员自豪地说，"应该说，要是没有这辆讨厌的小车，我会很幸福。"

沃尔夫用鼻子吸着气，不再打断矮牵牛的茎梗，并停下脚步，说：

"好吧，我帮你把车卸掉，我们一起去给你找一个蛙貔鹈，你看看获得自己想要的东西之后会有什么变化。"

参议员停下来，激动得发出马嘶般的叫声：

"什么？您真的会这样做吗？"

"我已经跟你说了嘛……"

参议员喘着气说："这不是玩笑吧？您可千万不能让一条疲倦不堪

---

① 原文为 ouapiti，是 wapiti（驯鹿）的谐音词。在小说中，ouapiti 是一种纯想象虚构的动物，代表着每个人心目中的梦幻、愿望和理想，其形态因人而异。译文中按照其发音，编造了一个词，将其译为"蛙貔鹈"，赋予其神奇异兽的特性。

的老狗空欢喜一场呀……"

"你很幸运,还有想拥有什么东西的愿望。"沃尔夫说,"我会帮助你的,这很正常……"

"天哪!这就是基督教教理中所谓的有趣的形而上学。"参议员说。

沃尔夫再次弯下身子,给参议员松绑。他手上拿着一根球杆,将其他球杆留在车上。绝不会有人去动它们,因为扑鲁克球的道德规则非常严格。

"咱们上路吧,找蛙貔鹈去,得弯着腰,向东走。"他说道。

杜邦说:"即便弯着腰您也会高出我一截。我还是站着吧!"

他们一起出发,小心翼翼地嗅着地面。一阵微风吹拂着蓝空,天空那银白色、变幻不定的肚皮时不时低下来抚摸碎米荠芙蓉五月盛开的硕大蓝色伞形花。花朵还绽放着,散发出胡椒般的香味,在暖融融的空气中荡漾开来。

第八章

　　离开沃尔夫后,莉儿加快了步伐。一只蓝色的青蛙在她前面蹦蹦跳跳。那是一只没有互补色的纯色雨蛙。蓝青蛙在靠屋子的那一边走着,一蹦两跳就超过了莉儿。青蛙继续前进,但莉儿很快就登上楼梯,坐在梳妆镜前化妆,描描眉毛,扑扑粉,抹点腮红,梳梳头发,涂点指甲油,三下两下就把妆化好了,总共不超过一个小时。然后,她告别女用人,奔跑着走出家门,穿过"方地",经过一道小门,上了街。

　　街道百无聊赖,裂出一道道别出心裁的长长缝隙,权当解闷。

　　在蜿蜒曲折的阴暗缝隙中,色彩斑斓的宝石乍烁乍晦,散发着飘忽不定的光泽,片片光亮随着地面的起伏而忽隐忽现。其间,蛋白石熠熠闪烁,山水晶犹如章鱼,若想用手抓住,它便折射出缕缕金粉光泽,祖母绿透显出魅艳十足、令人惊悚销魂的光泽,更有遽然一现、色彩渐变、光泽柔和的层层绿玉。莉儿踏着碎步,思考着自己想问的问题,裙子随着她的双腿飘逸,十分漂亮。

　　两旁开始出现低矮的房子,随后是更为高大的房屋,那是一条名副其实的街道,现出座座楼宇和车水马龙的景观。莉儿穿过三条横行的街道，拐向右边；闻香算命婆住在一栋高耸的木棚屋里，高大的脚墩用实心原木搭成。①楼梯弯弯曲曲，栏杆上悬挂着令人恶心的破旧布片，算是为场地平添些许色彩。空气中弥漫着咖喱味、大蒜味和蝴蝶王的气味，走到第五层台阶边，则闻到夹杂着白菜和陈年咸鱼的异味。楼梯上方，有一只乌鸦，因用超强的双氧水去色而早生白发。乌鸦小心翼翼地叼着一只死老鼠的尾巴，毕恭毕敬地迎接来客。老鼠已在此放了很久，因为懂行上门的人拒绝了它的好意，而其他人不会来这里。

莉儿向乌鸦优雅地微笑示意，用挂在绳上的迎客木槌在门上敲了三下。"您好，请开门。"

紧随莉儿身后上楼的算命婆说道："请进！"

莉儿走进屋里，闻香算命婆紧跟着进去。木屋里有一米深的水，屋里的人得在漂浮的床垫上走动，以免损坏地板蜡。莉儿小心翼翼地挪至已经磨旧的客人专用扶手椅上，闻香算命婆则用一个生锈的平底铁锅拼命舀水泼到窗外。水快要舀干时，她才坐到嗅闻桌前。桌上放着一个人工水晶嗅闻瓶，瓶下有一只硕大的银灰色蝴蝶，它昏迷不醒，被钉在桌垫上，桌垫被嗅闻瓶压着。

算命婆拿起工具，撮起双唇向蝴蝶吹气，然后把工具放在左手边，从贴身夹衫中抽出一副散发着汗臭的扑克牌，问：

"全部都做吗？"

"我时间不多。"莉儿说。

"那就做半瓶和沉淀物吧？"算命婆建议道。

---

① 闻香算命婆住的房子原型很可能来自俄罗斯童话中巫女芭芭雅嘎的房子。

"好的，沉淀物也做。"莉儿说。

蝴蝶开始翩翩然摆动翅膀，发出轻微的叹息声。占卜纸牌散发出一阵阵动物园里那样的气味。算命婆眼疾手快地将最先的六张牌摊放在桌上，并使劲闻着。

"真见鬼，"她说道，"我从您的牌中闻不出什么东西。您在地上吐口痰，看一看，然后再踩一脚。"

莉儿乖乖地照做了。

"现在把脚挪开。"

莉儿挪开脚，算命婆点燃一盆孟加拉小火，房间里充满着明亮的烟雾，散发着绿色粉末的香味。

"好了，好了，"算命婆说，"现在闻起来就更清爽了。我现在给您嗅占一卦，预测您钟爱的人的消息。还有钱的问题，数额不大，但毕竟也是一小笔钱。当然，没什么特别的。如果客观地看待事情，可以说，就金钱而言，您的状况没有什么变化。哎，您等一下。"

她在第一批牌上又摆上六张新牌。

"啊呀！"她说道，"正像我刚才跟您说的那样，您必须掏点钱。但是，这封信离您很近，可能是您的丈夫，这意味着他会跟您谈这件事情。因为，如果您丈夫给您写信，这自然很可笑。继续吧，请您挑一张牌。"

莉儿随手抽了一张牌，即第五张牌。

"坚持！"算命婆说，"我刚才跟您说的内容并未得到确认！您家里的一个人会获得很大的幸福。他会在生病后找到他很久以来想找的东西。"

莉儿觉得沃尔夫建造那台机器很有道理，他所付出的努力会获得回报，但必须小心肝脏问题。

"是真的吗？"她问道。

"最真实不过，最正式不过，"算命婆说，"气味从来不会撒谎。"

"我知道。"莉儿说。

此时，经双氧水处理过的乌鸦用喙敲门，模仿着唱起野蛮的《出发之歌》[①]。

"我得赶紧加快速度，"算命婆说，"您真的还要我嗅闻沉淀物吗？"

"不用了，"莉儿说，"我只要知道我丈夫能找到他想找的东西就行了。我该给您多少钱，太太？"

"十二块。"算命婆说。

银灰色的大蝴蝶越抖越厉害，然后，突然腾空飞起，恍若一只有残疾的蝙蝠，飞得沉重而不稳。莉儿很害怕，后退了几步。

"不用担心。"算命婆说。

她打开抽屉，拿出一支手枪，不起身就瞄准毛茸茸的蝴蝶开了一枪。只听见砰的一声，蝴蝶被击中头部，收起双翅，拢近心口，掉在地上，发出软绵绵的响声，柔滑的羽鳞粉随之飘然升起。莉儿推开门，走出去，乌鸦彬彬有礼地向她告别。另有一位客人在门外等候，那是一个身体瘦弱、黑眼睛、神情焦虑的小女孩，脏兮兮的手上拿着一块银元。莉儿走下楼梯，小女孩犹豫片刻后，紧跟上她。

"您好，夫人，"她问道，"她说实情吗？"

"不，"莉儿说，"她给未来占卜，要知道，这不是一码事。"

"会给人带来自信吗？"小女孩问道。

[①] 暗指1794年的革命歌曲《出发之歌》。

"有时会。"莉儿说。

"那乌鸦让我害怕,"小女孩说,"那只死老鼠臭烘烘的,我一点也不喜欢。"

"我也不喜欢,"莉儿说,"但这个算命婆一点也不贵……她不会像那些算命大师那样自命不凡,拿着干瘪的壁虎。"

"那我就回去吧。"小女孩说,"谢谢您,夫人。"

"再见。"莉儿说。

小女孩快步走上歪歪扭扭的楼梯,莉儿也加快脚步回家。一路上,涡纹状的红玉石明亮的光芒映照着她美丽的双腿,天色逐渐染上黄昏独有的琥珀色,四周响起尖脆的蟋蟀叫声。

第九章

参议员不得不加快脚步,因为沃尔夫走得很快。虽然参议员长有四条腿,而沃尔夫只有两条,但他的腿毕竟比它长三倍,所以它必须不时伸长舌头,发出"哼哼"的声音,以表示自己疲惫不堪。

路面铺着碎石,长有茂密的青苔,开满形若香蜡球的小花。昆虫在枝丫间飞来飞去,借助上颚撩开花朵的芯蕊,吸吮里面的琼浆。参议员不断吞咽香脆可口的小虫,每吞咽一口,它都惊跳一下。沃尔夫迈开大步,手中握着球杆,双眼聚精会神地注视着周边环境,专心的程度有如试图解读《卡勒瓦拉》①。他把脑海中浮想的事情与眼前看到的景象相混淆,并寻思着该把莉儿漂亮的脸蛋放在哪儿好。有那么两三次,他试图将弗拉莉的形象融入景色,却感到有些羞耻,于是将这一蒙太奇驱出脑外。他努力了一番之后,才把精神集中在蛙貌鹅身上。

看到各种不同的迹象,比如旋涡状的粪便和没有完全消化的打字机印带时,他意识到动物就躲在不远处,于是示意激动万分的参议员冷静下来。

---

① 维昂曾于1941年赠送法文版《卡勒瓦拉》给妻子米歇尔,夫妻两人都很喜欢这本书,常常在日常对话时半严肃半讽刺地引述书中的一些片段。

"我们真能找到蛙貗鹎吗?"杜邦问道。

"当然了。"沃尔夫低声回答道,"现在,不是开玩笑。我们俩都得趴在地上匍匐前进。"

他把身体贴在地上,慢慢向前挪。参议员抱怨说:"我的大腿相互摩擦,搞得我很难受。"但沃尔夫不让它说话。在三米远处,他突然看到了自己要找的东西:一块大石头,四分之三掩埋在地下,顶部凿有一个完整的方形小洞口,朝着他敞开。他凑近石头,拿起球杆,朝内敲了三下。

"敲到第四下,就到时间了!⋯⋯"他模仿着语音报时钟的声音说道。

他敲了第四下,惊慌失措的蛙貗鹎蜷缩着身子立刻从洞里钻了出来。

"饶我一命,大人!"它呻吟道,"我会将钻石全部交回。君子说话算数!⋯⋯我什么也没干!⋯⋯我向您保证⋯⋯"

参议员杜邦舔着嘴巴,贪婪地看着它。沃尔夫坐下,打量着蛙貗鹎:

"我可把你给逮着了。现在才五点半,你得跟我们一起走。"

"不,不!"蛙貗鹎抗议道,"这可不行,这可不是闹着玩的。"

"如果是二十点十二分,"沃尔夫说,"而我们又恰好在这儿,你肯定也会被我们逮住的。"

"你们是趁火打劫,利用了一位先祖泄露的消息。"蛙貗鹎说,"这是懦弱的表现。您知道,我们对时间极其敏感。"

"你不能以此为由进行抗辩。"沃尔夫说,故意使用专业的语言想镇住它。

"好吧，我跟你们走，"蛙貔鹈说，"但得让这个粗鲁的家伙离我远一点。它恶狠狠地斜眼盯着我，恨不得马上咬死我。"

参议员蓬乱的胡须一下子耷拉下来。

"可是……"它嘟哝道，"我可是带着一片好心而来。"

"我才不管那么多呢！"蛙貔鹈说。

"你会做面包片吗？"沃尔夫问它。

"我是您的俘虏，先生，"蛙貔鹈说，"我只服从您的命令。"

"太好了，"沃尔夫说，"那你就握着参议员的手，跟着过来吧。"

参议员杜邦激动无比，用鼻子吸着气，把自己的大爪子递给蛙貔鹈。

"我可以骑在先生的背上吗？"蛙貔鹈指着参议员说。

参议员表示同意，蛙貔鹈高高兴兴地爬上它的背，沃尔夫开始朝着相反的方向走去。参议员兴高采烈地跟在他后面，心中的理想终于化为现实，梦想成真……一股暖洋洋的恬静充溢它的心田，脚下不由得一阵飘飘然。

沃尔夫心情忧郁地走着。

第十章

　　远远看去，机器宛如纤细的蜘蛛网。拉居里站在那儿监控机器的运转，机器从昨晚到现在都运转正常，他正在检查发动机齿轮精密的元件。不远处，弗拉莉躺在低平的草地上，唇间叼着一朵康乃馨，正浮想联翩。机器旁边的地面略微颤抖着，但并不会令人感到不舒服。

　　拉居里直起身来，看着自己满是油污的双手。他觉得手太脏了，不能亲近弗拉莉，于是打开铁皮柜，取出一大把废麻丝，先擦去明显的油污，然后再用矿物肥皂涂手指，相互搓擦。掌心上的滑石粉让他觉得有点粗糙，他把手伸进一个凹凸不平的水桶里去洗，除了每个指甲下面留有一缕蓝色的油污，其他基本上还算洗得比较干净。他关上柜门，转过身来。弗拉莉任由拉居里凝视着自己，她身材高挑，一头飘逸的金色长发，额头上留有一排刘海儿。圆圆的下巴，很有个性，耳朵精致小巧，犹如环礁湖里的珍珠贝母，嘴唇红润饱满，丰满的双乳将过短的黄色毛衣前部撑起，提至髋部，露出金黄色的皮肤。拉居里的目光随着她身体动人的线条游移，他来到她身边坐下，低下头来亲吻她，突然受到惊吓，猛地站立起来。他身边有一个男人，在盯着他看。拉居里退后几步，背靠着金属架，手指紧紧地抓住冰冷的金属,然后死死地盯着那个男人。发动机在他手中颤动,赋予他力量。那个男人一动不动,渐渐变得模糊,继而融化,消散在空气中,最后消失得无影无踪。

拉居里用手擦拭前额。弗拉莉一声不响,甚至没有感到惊讶。

"他究竟想干吗?"拉居里似乎是对着自己低沉地嗥叫着说,"我们俩每次待在一起的时候,他都会出现。"

"你工作太辛苦了,"弗拉莉说,"而且昨天晚上通宵不停地跳舞,累坏了。"

"你走了我才跳舞的。"拉居里说。

"我并没走远,我和沃尔夫聊天来着。"弗拉莉说,"靠我近点,安静一下吧,必须好好休息。"

"好吧。"拉居里说。

他把手放在额头上。

"可那个男人老待在这儿。"

"我向你保证根本就没有人,"弗拉莉说,"为什么我总是什么也看不见呢?"

"因为你从来不去观察。"拉居里说。

"凡是让我心烦的东西我都不管。"弗拉莉答道。

拉居里走近她身边,重新坐下,但没有碰她。

"你真漂亮,"他喃喃低语道,"就像……就像一个点亮的……日本灯笼。"

"别说傻话。"弗拉莉抗议了。

"我总不能说你像白昼那么漂亮吧?"拉居里说,"因为并不是每个白昼都漂亮,但日本灯笼却永远都漂亮。"

"难看或漂亮，我都无所谓，"弗拉莉说，"我只求讨得我感兴趣的人的喜欢。"

"所有人都喜欢你，肯定也包括这些人。"拉居里说。

近看，她脸上长着细小的雀斑，鬓角上挂着金色的玻璃丝线。

"不要想那些东西。"弗拉莉说，"我在的时候，你就想着我，给我讲个故事吧！"

"讲什么故事？"拉居里问道。

"哦，那就别讲故事了，或者你想给我唱歌？"弗拉莉说。

"为什么这么多要求？"拉居里说，"我只想把你搂在怀中，闻你口红的那覆盆子香味。"

"嗯，这很好嘛。这比讲故事好多了……"弗拉莉说道。

弗拉莉任其搂抱，并也把他搂在怀中。

"弗拉莉……"拉居里说。

"萨菲尔……"弗拉莉说。

随后他们又亲吻起来。夜幕降临，看见他们俩，便在不远处停下，以免打扰他们。它更想去陪伴这时刚回来的沃尔夫。一个小时之后，四周一片黑暗，只剩下一圈阳光，里面有弗拉莉紧闭的双眼和拉居里的亲吻，一股蒸汽从他们的身体中冒出。

第十一章

　　沃尔夫半醒半睡，再次试图按住闹钟，停止闹铃，但黏糊糊的闹钟却从他的手中滑落，蜷缩在床头柜的一角，继续气喘吁吁地狂响个不停，直至精疲力竭。此时，沃尔夫躺在铺满白色裘毛的床上休息，身体渐渐舒展开来。他微微睁开双眼，看见寝室的墙壁摇摇晃晃，掉落在地板上，大片大片的软石膏继而被掀起，随后出现层层叠叠的薄膜，像大海一般……在大海中央，是一方静止的岛屿，沃尔夫缓缓地沉浸在黑暗中，风声横扫辽阔的旷野，不绝于耳。薄膜像透明的鱼鳍般颤动着，看不见的天花板上，天穹一片片掉落下来，散落在他的脑袋周围。沃尔夫与空气融为一体，感觉到自己仿佛被周遭的物体所穿透并沉浸其中。风声逐渐平息，空气中突然弥漫绿色的苦味，那是紫菀花蕊烧焦时发出的气味。

　　沃尔夫重新睁开眼睛，周围一片寂静。他使劲站起来，脚上穿着袜子。阳光倾泻在寝室里，但沃尔夫还是感到很不自在。为了感觉更好些，他拿起一张羊皮纸和几支彩色粉笔，画了一张图画，然后观赏它，但粉笔在他面前掉落，化为灰尘，羊皮纸上只剩下半透明的边角，呈现出几片阴郁的空白，其整体轮廓让他不由得想起一个骷髅。

他感到很泄气,任由羊皮纸画从手中掉落,走近放着叠好的长裤的椅子旁。他步履蹒跚,似乎脚下的地面正在收缩变小。此时,紫菀花的气味越来越淡,夹杂着一丝甜味,犹如夏日山梅花的芳香,上面还有蜜蜂,整体让人感到有点恶心。必须赶快行动起来,今天就要举行开幕仪式,市政官员会等待他,他得赶紧去梳洗准备。

第十二章

　　他还是比其他人早到了几分钟,于是便借机查看一下机器。壕沟中还剩有十来个元件,发动机经过拉居里的细心检查,运转良好。不需再做什么,只需等待。那就等着。

　　柔软的地面还刻印着弗拉莉那优雅身体的烙印,那朵她曾叼在双唇间的康乃馨还在那儿,毛茸茸的、锯齿形的康乃馨正因千万种看不见的姻缘与大地连为一体,犹如被白色的蜘蛛网所连接。沃尔夫俯身拾起康乃馨,花香浓郁异常,他不由得一阵眩晕,花从手中掉下。康乃馨顷刻凋谢,颜色与大地融为一体。沃尔夫笑了。如果把花留在这儿,市政官员或许会把它踩碎。他的手贴近地面,碰到了纤细的枝梗。康乃馨感到被人拿住,便恢复了天然的色彩。沃尔夫轻轻地折断花枝上的一个结节,把花系在衣领上,这样不用低头就能闻到花香。

　　"方地"的墙后,依稀传来一阵音乐声,布列塔尼镀铜风笛发出的笛声和皮鼓乐器奏出的沉重乐声此起彼伏。市政官员由一名穿着一袭黑衣、佩戴金项链的大胡子执达员带队,横冲直撞,将一片砖墙推倒在地。第一批人群从砖墙的缺口处鱼贯而入,毕恭毕敬地排列在两旁。音乐声随之响起,清脆而洪亮。咚咚锵,咚咚锵,合唱队员准备就绪,即将引吭高歌,一位浑身涂成绿色的鼓手领头走在队伍前列,手中挥舞着一只白颈小鸭,毫无希望地瞄准太阳,做了一个大幅度的手势,接连翻了两个高难度的空心筋斗,合唱队继而齐声唱道:

这座美丽之城的

咚咚锵!

市长先生,

咚咚锵!

前来看望你们!

咚咚锵!

想问你们,

咚咚锵!

是否愿意

咚咚锵!

尽快向他缴纳

咚咚锵!

所欠下的所有税款

咚咚锵! 咚咚锵! 笛钩笛钩兜

"笛钩笛钩兜"的声音由裁切成椰子形的金属片敲打笛笛嘟乐器时发出。所有这一切构成一支古老的进行曲,人们胡乱地唱着,因为很久以来都没人交税了,但毕竟不能阻止铜管乐队演奏他们唯一熟记在心的曲子。

市长在音乐声后出现了,他手拿话筒,往里塞入一只袜子,以免听到可怕的嘈杂声。市长夫人是个非常肥胖的女人，满脸通红，赤身裸体，站在一辆彩车上，车上挂着城内最大的奶酪商的广告牌。奶酪商对市政府的一些幕后故事了如指掌，并对其为所欲为。

由于车子的悬浮性能很差，而且奶酪商的儿子还在轮胎下放置了铺路石，车子颠簸得很厉害，使得市长夫人肥硕的乳房耷拉在肚子上来回晃动。

奶酪商的彩车后，紧随着五金制品商的彩车。五金制品商没有任何政治背景，只好做了一顶检阅用的轿子，上面驮着一只肥猴，正在践踏一个贞洁少女。猴子的租借费用极为昂贵，但效果平平。因为少女昏迷过去已经十来分钟，不再呼喊。市长夫人则全身发紫，她身上长着许多汗毛，根本没有好好梳理。

婴儿用品商的彩车紧随其后，由一组喷气式的奶嘴驱动；一个婴儿合唱团有节奏地齐声唱着一首喝奶老歌。

检阅队伍到此而止，因为谁也不觉得好玩。第四辆彩车上坐着几个棺材商，但车刚刚出了故障，因为驾驶员没有忏悔就死去了。

沃尔夫被铜管军乐吵得耳朵都快聋了，见市政官员朝着他走来，两边站着手里拿着阴森森的粗大手枪的警卫，便依照礼节上前迎接。此时，专业人士已在短短几分钟之内搭起一个有台阶的讲坛。市长和几位副市长登上讲台，市长夫人则继续在彩车上乱蹦乱跳。奶酪商也走上去坐在自己的席位上。

强烈的鼓声响起，吹短笛的人听见鼓声一下就发疯了，双手捂着耳朵，像火箭一般跃至空中。众人的眼睛盯着他飞行的轨迹，等他头朝下掉落在地，发出像鼻涕虫自杀时发出的声音，大家都把脖子缩进肩膀，随后恢复了正常呼吸。市长站起身来。

乐队停止奏乐。一阵厚重的灰尘升起,高高飘扬在被周日毒品香烟的烟雾染成蓝色的上空,人群熙熙攘攘,摩肩接踵。有些家长受不了孩子的纠缠,只好把他们架在肩膀上,但故意把孩子的屁股放在头上,以阻止他们东游西逛。

市长在话筒里清了清嗓子,抓住话语的脖子想要把它掐死但它挺住了。

"先生们,亲爱的同悦们[①],"他说道,"我不会过多谈论这个庄严的日子,它并不比我的心更纯洁[②],因为你们和我一样都知道,自从一个稳定、独立的民主政权建立以来,我们告别了近几十年来那些蛊惑人心的阴险政治派别。哎哟,讨厌!他妈的,这稿子的字,根本看不清楚,字全给擦掉了。我补充说,如果我告诉你们我所知道的事情,尤其是有关这个奶酪商,这个撒谎的禽兽……"

人群大声鼓掌,轮到奶酪商站起来,他宣读了一份市政府接受市里最大的奴隶贩卖商贿赂的案件的稿子。乐队开始奏乐,以掩盖奶酪商的声音,市长夫人则更卖命地乱蹦乱跳,企图分散人们的注意力,为其丈夫解围。沃尔夫茫然地笑着,一个字也没有听进去,心完全在别处。

市长继续说道:"今天,我们是满怀愤怒的喜悦和骄傲庆贺在场的伟大的同悦——沃尔夫先生的绝妙发明,用以全盘解决过量生产制造机器的金属造成的问题。但我不能说得更多,因为根据惯例,作为官方人士,我也根本不知道它究竟是什么东西。现在,请乐队演奏乐曲。"

---

① 此处原文为 coadjupiles,是作者生造的词。
② 此为拉辛的戏剧《费德尔》中的一个名句。

领队的鼓手灵活敏捷地对着月亮踢了一脚，回身转了半圈，在脚尖落地的刹那间，大号吹出一个粗犷的序曲音符，悠扬的乐声在空中回荡。乐手们演奏的乐声此起彼伏，人们听出这是一首传统乐曲。由于人群凑得太近，护卫队开枪扫射，将大部分人驱散，剩下的人身子则散落成碎片。

仅仅数秒钟之间，"方地"的人全部走空，只剩下沃尔夫、吹笛手的尸体、油腻的纸张和一小块讲坛。护卫队队员排成队列，背对着沃尔夫，齐步前进，渐渐消失。

沃尔夫叹了一口气。节日结束了。在"方地"的墙后，仍能隐约听见乐队所奏的音乐，时而消失，时而又回响在空中，发动机以其永不休止的轰鸣伴随着音乐声。

他看到拉居里从园区走来跟他会合，弗拉莉在他旁边，但拉居里还没走近沃尔夫，她就走开了，一边走一边侧着头，身上那条黄黑图案相间的连衣裙好像一只金色的蛱蝶。

第十三章

现在只剩下沃尔夫和拉居里两人,如同发动机开始运转的那一天晚上。沃尔夫手戴红色皮手套,脚穿羔羊皮衬靴子,身着棉衬里连体工作服,头上戴着头箍,露出前额。他已准备就绪。拉居里看着他,脸色有点苍白。沃尔夫垂下双眼,头也不抬地问:

"都准备好了吗?"

"都准备好了,"拉居里答道,"柜子已腾空,所有东西都回归原位。"

"到时间了?"沃尔夫问道。

"还有五六分钟。"拉居里说,"您能挺得住吧?"

他略带严厉的口吻令沃尔夫十分激动。

"不用担心。"他说,"我一定挺得住的。"

"您觉得有希望吗?"拉居里问。

"这是我许久以来最大的希望,但我不太相信能成功,可能还是像上几次那样。"

"上几次怎么了?"拉居里问。

"什么也没有发生,完了之后,除了失望,什么也没有剩下。"沃尔夫答道,"当然,我们不能总是停留在地面。"

拉居里艰难地咽下口水,说:

"人人都有烦心的事儿。"

他脑海里又浮现出窥视他拥抱弗拉莉的那个男人。

"当然。"沃尔夫应道,然后抬起头说:

"这次,我会走出来的。在那里面,情况不可能全都一样。"

"不过还是有点危险。"拉居里低声说,"您可得很小心,风说不定会很猛。"

"不会有问题的。"沃尔夫说完,又补充了一句与前面毫无关联的话:

"你喜欢弗拉莉,她也喜欢你。没有什么东西能阻止你们。"

"几乎没有什么……"拉居里假装附和。

"好了吗?"沃尔夫问。

他多么希望拥有一股热情。首先要去看一下,这或许能照亮他的思想。他打开机舱的门,往里伸进一只脚,戴着手套的双手紧紧地握住把柄。他从手指上能感受到发动机的颤动,他觉得自己就像一只蜘蛛钻进了一张不是专为它而织的网。

"时间到了。"拉居里说。

沃尔夫点了点头,不由自主地摆好姿势。灰色的钢门嘭的一声关紧。机舱中,风呼呼地吹了起来,先是很柔和,之后变得凛冽起来,犹如寒冷中变硬的油脂,并突然改变风向。当风正面袭来,沃尔夫使尽全力靠近舱壁,他的脸上能感受到灰暗的钢壁寒气逼人。他缓慢地呼吸,以免过早地精疲力竭。血液在他的血管中有规律地跳动着。

沃尔夫仍然不敢低头看下方,他想等到自己对环境习惯了之后再说。每当疲倦来袭而不得已低下头时,他就强迫自己闭上眼睛。两根浸染过油脂的皮带扎在他的腰部,顶端系着铁钩,固定在靠近他身边的两个铁环上,好让他把双手放在上面休息。

他艰难地喘着气,膝盖开始痛了。空气渐渐变得稀薄起来,他脉搏加快,开始感到肺部氧气不足。

突然,他看到右边的立柱上有一道亮闪闪的深色长痕,犹如陶壶隆起的内壁上陶土熔化后流淌下的痕迹。他停下来,挂好皮带,小心翼翼地用手指触摸,感到黏糊糊的。他抬起手,借着逆光,发现一滴深红色的液体悬挂在食指尖上,液体凝聚并拉长呈梨形,随后突然脱离手指,像油滴那样滑落。他莫名其妙地觉得很不舒服,便拼命克制,准备在因疲劳而双腿发抖、不得不完全停下来之前再坚持一分钟。

他努力地终于熬完了这一分钟,挂好两条皮带,任由身子软绵绵地搭在皮带上。他感到身体的重量沉重地压在腰间。机舱内,红色的液体继续懒洋洋地缓慢流淌,在钢壁上画出一道蜿蜒曲折的长痕。有时,液体只是在局部变得黏稠才显出它仍在流动;若非这儿那儿出现的一道反光或阴影,整体看上去似一条静止不动的线条。

沃尔夫等待着。心脏的紊乱跳动渐渐平息下来,全身肌肉开始习惯他快速的呼吸。他独自一人待在机舱中,因周围无任何参照物,无法辨认出它的运动。

他又数了一百多秒。透过手套,他的手指仍能感受到逐渐结成的冰霜,手指触摸之处,冰霜咔嚓作响。现在,光线变得很强烈,他看东西很吃力,眼睛开始流泪。他松开一只手,用另一只手将一直卡在头箍上的眼镜调整好,戴好眼镜后,他不再眨眼,眼皮也不再作疼。眼前的一切都变得清晰起来,犹如在水族馆中看到的那种景象。

他小心谨慎地朝脚下看。机器飞速远离仍隐约可见的地面,令他一阵窒息。他处在一架发动机吊舱的中央,机头直射天空,而底部则从深壑中猛然冒出。

他闭着眼睛,强忍住不让自己呕吐,并摸索着解下挂钩,转过身来,背靠着舱壁。等重新站好之后,他又系上安全带,脚跟叉开,决定再睁开眼睛。他握紧双拳,好像手中握着小石头。

头顶掉下一阵阵灰尘,闪闪发亮却难以捕捉。虚幻的天空无限颤动,摇曳闪烁。沃尔夫的脸冰冷而潮湿。

他的双腿开始颤抖,这并非是发动机的震动引起的。但他还是找到了办法,慢慢地逐渐控制了自己。

这时候,他发现自己回想起了往事。他并不阻止记忆涌现,而是更好地控制自己,让自己完全沉浸在往事中。冰霜在他皮衣上结出闪亮的霜层,霜层包裹着皮衣,在手腕和膝盖处裂开。

往日的碎片紧紧地围裹着他,时而像灰鼠般温柔,机灵而悄无声息;时而闪烁发亮,生机勃勃,充满阳光,或温和而缓慢地流淌着,轻盈而充满生机,恰如浪花翻起的泡沫。

有些记忆非常准确,有如孩童时代照相师定格下来的影像,也回忆起一些谈话内容,却无法重新感觉到,因为其实质早已消逝得无影无踪。

其他往事却令他记忆犹新,花园、草地和空气,变幻无穷的绿色和黄色融合在碧绿的草地中,在阴凉的树荫下,由深色转向黑色。

沃尔夫在暗淡的空气中颤抖,回忆着往事。生活在他记忆的涌动中渐次清晰起来。

他的左右两边,暗沉的液体涂满了机舱的立柱。

第十四章

记忆的花絮纷至沓来,混乱无序,就像大火中混杂的各种气味、光线、喃喃细语。

有用来装球的袋子,用来晾干苦涩的果子,让它们形成粗硬的须毛,用来砸别人的脖子。有人把它们称为梧桐,但这名字本身却丝毫不会改变其特性。

有一些带刺的热带植物的叶子,挂有卷角的褐色长钩,很像斗虫的钩子。

有小学三年级小女孩的短头发,还有那位小男孩的深灰色罩衫,沃尔夫当年很嫉妒他。

台阶两旁的红色大坛子因夜晚的到来和拼写的不确定变成了野蛮的印第安人。①

---

① 这里维昂用视觉和语言的模糊生成了一些有趣的混淆,夜间的红色大坛子像棕红皮肤的印第安人,也像棕红色壳的马栗。这种树巴黎很多,又叫七叶树,果子也叫七叶果,是不可以食用的,孩子经常会捡拾这种掉落的果子当玩具玩,正如后文所写。这种树法语叫 marronnier d'Inde,果子可叫 marron d'Inde。维昂所说的拼写的不确定由此而来,台阶的坛子 pots du perron 和马栗的壳 peaux du marron 非常接近,他在这里做了一个语言游戏的联想。且马栗壳的颜色与这里所写坛子颜色相近,而由 marron d'Inde 又可联想到 indiens(印第安人)。所以夜和拼写的不确定把坛子变形成了野蛮的印第安人。下一章开始写马栗也证明了这一点。

用扫帚旋转的长把柄抓捕蚯蚓。

还有那间宽大的卧室,从圆鼓鼓的长枕头边角可窥见圆形的穹顶,圆枕头就像吃绵羊的巨人的大肚子。

油亮亮的栗树果子,每年秋天都会掉落在黄色的落叶间,透出几分惆怅。壳斗裂成两三瓣,软绵绵的,有点刺。孩子们用来玩游戏,把它们雕成面具,样子很像侏儒地精,串成三四行的项链,腐烂后的栗子流出令人恶心的汁液,用来砸玻璃窗。

那一年,放假回来,老鼠在最下一层的抽屉里啃吃小蜡烛,当时,真正的小卖部都有这类蜡烛。但打开另一个抽屉,他却高兴地发现老鼠没有吃那袋字母形意大利面,晚上可以一边喝汤,一边在盘子上拼写自己的名字。

纯粹的记忆在何处?其他时期的印象相互重叠,形成了另一种不同的现实,没有记忆,而是另一种生活,由另一个人去感受,而这个人就是这些记忆的结果。我们不能使时光倒流,除非是紧闭双眼,充耳不闻。

在静默中,沃尔夫闭上眼睛,仍然继续俯身向前,前面是自己虚拟的往昔岁月的四维声图。

他一定是走得很快,因为正在此时,他看见机舱内壁正对着他。

他解下拴住自己的挂钩,把脚放到另一边。

第十五章

　　初秋的阳光洒在黄色的栗子树上。

　　沃尔夫眼前,是一条坡度缓和的小径。路面中间干燥,略带粉状,两旁凹陷,残留着新近下雨后留下的几圈湿泥。

　　沙沙作响的树叶间可窥见包裹在栗壳中油亮的栗果,颜色不一,从锈斑米色到杏仁绿色,多姿多彩。

　　道路两侧,缺乏护养的草地凹凸不平,正享受着阳光的亲吻。发黄的草上长着稀疏的刺蓟,一些多年生植物已经开始长籽。

　　道路的尽头是废墟,长满不甚高的荆棘。废墟前有一张白色石头长凳,沃尔夫隐约看见上面坐着一个穿着亚麻衣服的老人。走近一看,发现原先以为是衣服的部分,其实是银白色的胡须,胡须又多又长,绕着老人身上五六圈。

　　长凳上,他身边放着一枚小铜牌,擦得发亮,中间用黑色字母刻写着一个名字:贝尔勒(珍珠)先生。

　　沃尔夫走到他身边,发现他满脸皱纹,就像瘪了一半的红气球。他长着一个大鼻子,鼻孔很大,露出一根粗粗的鼻毛,亮晶晶的眼睛上眉毛很长,两颊小苹果般油亮,花白的头发剪成刷子形,让人想起棉线梳理机；因年老而变形的手指留着方方的厚指甲，平放在膝盖上。他穿着一条绿白相间的老式条纹泳裤，长满茧子的脚上套着一双过大的凉鞋。

"我叫沃尔夫。"沃尔夫说，然后指着刻有字母的铜牌问：

"这是您的名字？"

老人点点头：

"没错，我就是贝尔勒先生，全名叫雷翁－阿贝尔·贝尔勒。哦，沃尔夫先生，这么说，轮到您了。您想跟我说些什么呢？"

"我不知道。"沃尔夫说。

老头有点吃惊，又有点高傲，好像是在自问自答，并不期望对方做出什么反应。

"当然啦，当然啦，您不知道。"

他抖动着长长的胡子嘀咕着，突然不知从何处抽出一沓卡片，查阅起来。

"我们来看一下。"他说道，"沃尔夫先生……对……出生年月……地点……嗯，很好……工程师……对……对……这都很好嘛！好吧，沃尔夫先生，您可以详细谈一下您第一次不循规蹈矩的表现吗？"

沃尔夫觉得老先生有点奇怪，便问：

"这个……您怎么会对这个感兴趣呢？"

老头用舌头弹击着牙齿，发出"嘚嘚……嘚嘚"的声音。

"哎呀，天哪，我想总有人教过您以另一种方式回答问题吧？"

他采用谦卑的口吻，以贴近对方。

沃尔夫耸了耸肩膀："我不明白您为什么会对这个问题感兴趣。而且我从来没有做过任何抗议。我觉得自己有能力的时候就会取胜，相反,对那些我自知无法控制的事情,我会视而不见。"

"您既然知道这一点,就说明您视而不见得不够彻底。"老头说,"您对它们了如指掌,所以才假装漠视它们。行了,您还是尽量坦率地回答我的问题,千万别讲空话!而且,难道只有您无法控制的事情吗?"

"先生,我既不知道您是谁,也不知道您有什么权利问我这些问题。"沃尔夫说,"但在某种程度上而言,面对老年人,我一般毕恭毕敬,因此,您的问题,我愿意稍微答上两句。请听我说,我历来觉得自己在不利的情况下能保持客观,所以从来不会同那些与我相悖的东西抗争。因为我明白对方的观念只会平衡我的观念,我本人没有任何主观理由去喜欢其一而不喜欢其二。我要说的就这些。"

"这未免有点草率,"老头说,"根据我卡片上的资料,您曾经有过像您说的主观理由,并做出过选择。嗯……比如说,我看到有这么一种情况……"

"我当时是抛钱币决定的。"沃尔夫说。

老头露出一副厌恶的样子:"天哪,真让人恶心。您是否愿意告诉我,您为什么到这儿来?"

沃尔夫左右扫了一眼,然后吸了一口气,说:

"来做一下总结。"

"那好啊,"贝尔勒先生说,"这正是我要建议您做的事情,可您却从中作梗,根本不配合。"

"您做事太无条理,"沃尔夫说,"我总不能随便跟什么人一股脑儿都抖搂出来吧。您既无计划又无方法,提问我已经十分钟,却一丁点儿进展也没有。您得提一些具体的问题。"

贝尔勒先生捋着长须，上下晃动下巴，斜着眼，严肃地看着沃尔夫："您这人似乎有点难缠，居然认为我是胡乱问您问题的，事先根本没有明确的计划。"

"这显而易见。"沃尔夫说。

"您知道什么是石磨吧？"贝尔勒先生问，"知道那是怎么做成的吗？"

"我没有专门研究过石磨。"沃尔夫说。

"石磨里有研磨粉，起打磨的作用，还有黏合剂，用来固定研磨粉。"贝尔勒先生解释道，"黏合剂必须比研磨粉损耗得快，这样才能把研磨粉释放出来。当然，其中是研磨粉在起作用，但黏合剂的作用也不可或缺。没有黏合剂，一切就只是不乏光泽和硬度的整体元素，但紊乱无序，毫无用处，犹如一本格言集。"

"说得对，然后呢？"沃尔夫问道。

"然后嘛，我有一个计划，非常完美的计划，"贝尔勒先生说，"我要问您一些很具体的问题，尖锐而不留情面。但您粉饰事实的调味汁与事实本身一样必不可少。"

"明白了，那就给我谈一下您的计划吧。"沃尔夫说。

第十六章

贝尔勒先生说:"计划很清楚。我们原本有两个决定性的因素,您是西方人,信奉天主教,因此我们应该依照以下时间顺序来进行:

"1. 您与家庭的关系;

"2. 小学学业及之后的学业情况;

"3. 宗教方面的初始体验;

"4. 青春期、青少年时期的性生活、婚姻;

"5. 作为社会基本单元的活动情况;

"6. 日后因与世界密切接触而可能产生的思想忧虑。这一点与第三点可以连在一起,尤其是当您没有像同样出身背景的人那样,在初领圣体仪式后,断绝与宗教的关系。"

沃尔夫思考片刻,斟酌了一下字眼,然后说道:

"这倒是一个可行的计划。当然……"

贝尔勒先生打断他的话,说:"确实是这样。我们也可以按非时间顺序来,甚至可以颠倒某些序号的顺序。对于我而言,我的任务只是问您有关第一点的问题,即您与家庭的关系,其他我一概不问。"

"这是一个众所周知的问题,"沃尔夫说,"所有的父母都大同小异。"

贝尔勒先生起身,来回踱步,旧泳裤的裤裆吊在骨瘦如柴的大腿上,就像平静海面上帆船的船帆。

"我最后一次请您不要耍小孩脾气。"他说,"现在谈的是严肃的话题。所有的父母都不相上下!那倒是真的,因为您父母没有给您添什么麻烦,您就压根儿不考虑他们。"

"是的,我的父母很好。"沃尔夫说,"但面对那些不好的父母,人们的反应会比较激烈,这其实更有益处。"

"不对,"贝尔勒先生说道,"我们会耗费更多的精力,但由于原先的起点更低,最终到达的是同一个高度,这简直是糟蹋。不过,当人们战胜更多障碍的时候,总会觉得自己走得更远。这是错误的,抗争并非前进。"

"这些都成了过去。"沃尔夫说,"我可以坐下来吗?"

"哎呀,看来您想对我蛮横无理。"贝尔勒先生说,"不管怎么样,如果是我的游泳裤使您发笑,您就当我什么也没有穿。"

沃尔夫脸色阴沉起来,谨慎地说:

"我没有发笑。"

"您可以坐下来。"

"谢谢。"沃尔夫说。

他还是不由自主地受到了贝尔勒先生严肃口吻的影响。他看见老先生憨厚的面孔浮现在被秋日烤得发黄、像细薄的铜炉渣的树叶上。一颗栗子掉落,穿过树叶,声音很轻,像一只鸟飞过。栗壳和栗子落地,噼啪一声轻轻地散开。

沃尔夫试图把记忆聚拢起来,此时却发现贝尔勒先生不重视制订

计划其实很有道理。记忆的意象纷至沓来,毫无次序,就像在一只袋子里随意抽取的序号。他对老先生说:

"一切都会杂乱无章!"

"这个我自有办法。"贝尔勒先生说,"来吧,放开地说吧。研磨粉和黏合剂。别忘了是黏合剂为研磨粉赋予外形。"

沃尔夫坐下来,将脸埋在双手间,开始用一种中性、毫无感情色彩、无动于衷的声音叙述起来:

"那是一间大房子,一间白色的房子。最初的事情我记得不太清楚了,我回想起仆人们的面容。早上,我经常跑到父母的床上,有时候,父亲和母亲当着我的面相互亲吻,让我感到很别扭。"

"他们对您怎么样?"贝尔勒先生问。

"他们从来不打我,"沃尔夫说,"我没法跟他们吵架。即便想故意吵架,也非得作弊才行。我每次想发火都得装模作样,而且每次找的理由都微不足道、徒劳无益,根本站不住脚。"

他喘了口气。贝尔勒先生一言不发,认真地听着,苍老的面孔满是皱纹。

"他们一天到晚为我提心吊胆,"沃尔夫说,"我不能趴在窗台上,不能独自过马路,稍微刮点风,就要我穿上山羊皮衣,无论冬夏,我都不能脱下羊毛背心。那是一件用当地羊毛织成的背心,已经发黄,松松垮垮的。我当时的身体很糟。十五岁之前,我什么都不能喝,只能喝烧开的水。我父母的懦弱之处在于他们自己也不注意,在处理和我的关系上犯了错误,总是用对待自己的方式来对待我。日久天长,我自己也害怕起来,觉得自己身体很虚弱。大冬天裹着十二层羊毛长围巾冒汗散步,心里却还很高兴。在整个童年期间,父母都对我百般呵护，娇生惯养。我心里有点别扭，但软弱的肉体却虚伪地享受着某种愉悦。"

他兀自冷笑起来：

"有一天，我遇到一群年轻人在街上散步，雨衣搭在手臂上，我却裹在厚厚的冬大衣里拼命出汗，心里羞愧得要命。我照了照镜子，看到一个笨拙不堪、缩头缩脑的人，如同一条从头裹到脚的金龟子幼虫。两天之后，天下着雨，我脱掉外衣，跑了出去。我故意拖延时间，好让母亲试图阻止我出去。可当我说'我要出去'时，还真的跑出去了。我很怕感冒，这削弱了我战胜羞耻的愉悦，尽管如此，我还是跑出去了，因为我为自己害怕感冒而羞愧。"

贝尔勒先生轻咳了几声，说：

"嗯，好，这一切都非常好。"

沃尔夫突然缓过神来，问："这就是您要问我的内容吗？"

"差不多吧。"贝尔勒先生说，"您看，开了头之后就很容易了。您跑出去之后，有什么变化没有？"

"当时的情景很可怕，"沃尔夫说，"当然了，这只是相对而言。"他思考片刻，眼睛往上瞅着。

"有几件事情要区分开来，"他说，"一是我想战胜自身的懦弱，二是我感到自身软弱的原因来自我父母，三是我的身体倾向于放任自流，沉溺于懦弱。您看，真奇怪，先是从虚荣心开始，我要和约定俗成的秩序做斗争。如果我没有在镜子中发现自己可笑的模样，又会是什么样的结局呢？……是我滑稽怪诞的模样打开了我的眼界，而家庭娱乐活动中的某些荒唐离奇的东西让我恶心透了，比如说野餐吧，偏偏要随身带上干草，以便垫着坐在路上野餐，怕沾上虫子。要是在空旷沙漠里，我会很喜欢这样……俄式沙拉、吃蜗牛用的夹子、吃通心粉用的勺。但一有人走过，所有这些家庭文明便令我感到耻辱，刀叉、铝杯，这一切都让我怒火万丈，七窍生烟……我当时就放下盘子，走到另一边，假装跟他们毫无关系。或者是跑到空无一人的汽车里，坐在驾驶座上，摆出一副大男子主义的气概来。然而，此时此刻，那个懦弱的我在轻轻对我耳语：'但愿还剩下俄式沙拉和火腿。'那时，我就会为自己感到耻辱，为我父母感到耻辱，并开始怨恨他们。"

"可是您很爱他们呀！"贝尔勒先生说。

"当然啦。"沃尔夫说，"可是直到今天，一看到断了把手的草编提篮以及从里面露出来的热水壶和面包，我就怒从中起，恨不得要杀人。"

"面对旁人，您想必会感到很不自在。"贝尔勒先生说。

"是的，"沃尔夫说，"从那时候开始，我在外面的生活便根据那些观察者而决定，这可救了我的命。"

"您觉得自己得救了吗？"贝尔勒先生说，"让我们来概括一下：在您人生的第一个阶段中，您埋怨父母助长了自身的懦弱品性，您因身体虚弱而乐于接受，但心里却感到厌恶，所以试图为自己的生活粉饰贴金，过度地计较他人对您的态度。您的处境为自相矛盾的需求所左右，您理所当然会感到失望。"

"还有情感的问题，"沃尔夫说，"我当时完全沉溺在情感的旋涡里。人们过分地溺爱我，而我因为毫无爱心，理所当然地下结论认为爱我的人都很愚蠢，甚至都很邪恶，于是渐渐地随心所欲为自己建造了一个没有围巾、没有父母的世界。一个空旷、明亮的世界，犹如一片北极风景。我不知疲倦地在其中徘徊徜徉，神情冷酷，鼻子坚挺，目光尖锐,连眼皮都不眨。我躲在门后,长达数小时坚持不懈地练习,把那时流下的痛苦泪水浇洒在英雄主义的祭坛上。我坚强不屈,大义凛然,蔑视一切,顽强地活着。"

他朗声大笑,继续说道:"我当时并没有意识到自己不过是一个胖乎乎的小男孩,鼓囊囊的腮帮子夹着嘴边充满蔑视的褶皱,让人看起来好像使劲憋着不撒尿而已。"

"行了,小孩常梦想当英雄,"贝尔勒先生说,"掌握这些信息足以给您打分了。"

"真奇怪……"沃尔夫说,"对温情的这种反应,在意别人的评价,就是向孤独迈出了一步。我感到害怕、羞耻和失望,所以想装扮成无动于衷的英雄。有谁会比英雄更孤独呢?"

贝尔勒先生摆出一副超脱的样子,说:"有谁会比死人更孤独呢?"

沃尔夫或许没有听见他说什么,一声不响。

"好了。"贝尔勒先生最后说,"谢谢您,请从这儿走。"

他指着小径的拐弯处。

"我们还会再见吗?"沃尔夫问。

"我想不会了。"贝尔勒先生说,"祝您好运!"

"谢谢。"沃尔夫说。

沃尔夫看见贝尔勒先生蜷缩在长长的须髯中,舒适地躺在白色石凳上。他朝着小径的拐弯处走去,贝尔勒先生提出的问题在他心中激起的千百张面孔和历历往事,在他脑海中舞动,恍若疯狂的万花筒中呈现的火焰。

随后,突然间一片漆黑。

第十七章

　　拉居里哆嗦着。夜幕骤然降临,漆黑一团,夹着风声。天空低垂,有气无力地威胁包裹着大地。沃尔夫还没有出来,拉居里犹豫着是否要去找他,沃尔夫说不定会生气的。他走近发动机想取点暖,但发动机几乎不发热。

　　数小时以来,"方地"的墙已与软绵绵的黑暗融为一体,不远处,可看见屋子红色的眼睛在黑夜中眨着。沃尔夫想必已告诉莉儿他会回来得比较晚。尽管如此,拉居里仍料想随时都有可能出现一盏小小的防风灯。

　　他毫无思想准备,所以黑夜中弗拉莉独自一人到来让他着实吓了一跳。她走近的时候,他认了出来,手心不禁一阵潮热。她十分可爱,宛如一棵藤蔓植物,很温柔地接受拉居里的亲吻。他抚摸着她优雅的脖子,将她搂紧,双眼微闭,喃喃絮语,她却感到他突然一阵紧张,浑身僵硬起来。

　　拉居里正神魂颠倒时,发现身边站着一个脸色苍白、穿着深色衣服的男子正盯着他们看,他的嘴在脸上形成一道黑杠,目光幽远。拉居里气喘吁吁,忍受不了别人偷听自己跟弗拉莉说话,便从她身边走开，气急败坏，紧握双拳。

"您想干吗？"他问道。

他虽然看不见，却能感觉到金发女郎的惊愕，于是遽然转过头去看她，她很吃惊，半笑不笑地露出惊讶的神情，但还不至于担心。等他再转过身，那位男子已不见踪影。拉居里又哆嗦起来，冷酷的生活冻僵了他的心，他靠在弗拉莉身上，疲惫不堪，一下苍老了许多。他们一声不吭。微笑已经从弗拉莉的唇上消失，她用自己瘦削的手臂挽着他的脖子，抚摸他耳后的发际，像哄小孩似的哄着他。

这时，传来了沃尔夫沉闷的脚步声，他沉重地跌倒在他们俩身边，跪在地上，精疲力竭，弓着腰，双手捧着头，脸上可见一道黏糊糊的粗大黑色条痕，犹如老师在糟糕的作业本上打的叉叉，疼痛的手指几乎不能忍受长时间的紧扣。

萨菲尔忘了自己的噩梦，从沃尔夫的身上判读出另一种焦虑，他活像一具尸体，瘫倒在机器旁，工作服上的布料闪烁着珍珠般细小的水滴。

弗拉莉从萨菲尔怀中抽出身来，走到沃尔夫身边，用温暖的手抓住他的手腕，友好地握着，并温柔悦耳地跟他说话，劝他回家，回到他温暖的家，家里的桌上点着一盏圆圆的灯，莉儿在等着他。萨菲尔则弯腰帮沃尔夫站起来，两人在黑暗中搀扶着沃尔夫一步步朝前走。沃尔夫艰难地迈着脚步，拖着右腿，一只手臂搭在弗拉莉的肩膀上。萨菲尔在另一边扶着他，三人沉默不语地走在路上。一束充满敌意的冰冷的光亮，从沃尔夫的眼中，落在血红的草地上，在他们眼前留下两道细微痕迹，随着时间的流逝渐次淡化。回到家门口时，幽幽黑夜已经笼罩住他们的身影。

第十八章

　　莉儿穿着轻便浴衣，坐在梳妆镜前修剪指甲。她把指甲放在脱钙牵牛花汁里浸泡了三分钟，好把表皮泡软，打磨指甲，以调整月牙白的位置，让它恰好处于指甲根部，即整个指甲长度的四分之一处。她小心翼翼地摆好底座可以自由移动的小笼子，里面有两只特种鞘翅目昆虫正在磨尖上颚，准备时机一到就把她手指的表皮去掉。莉儿给它们说了几句心里想好了的鼓励话语，将小笼子放在拇指指甲上，拉下拉柄。昆虫心满意足地发出嗡嗡声，专心致志投入工作，病态般地你追我赶。第一只昆虫行动极为迅速，指甲甘皮转眼变成细细的灰尘；第二只昆虫则精心拾掇、修整其小伙伴啄剪好的边缘，使其光滑整齐。

　　有人轻轻地敲了一下门，沃尔夫走了进来。他剃了胡子，脸刮得干干净净，但显得有点苍白。

　　"莉儿，可以跟你说会儿话吗？"他问。

　　"行啊，过来吧。"她边说边在提花缎质软垫长椅上腾出位置让他坐下。

　　"我不知道该说什么。"他说。

　　"没关系，"莉儿说，"毕竟我们俩很少一起说话……你肯定能找到话题的。你在机器里看到了什么？"

"我可不是来跟你说这个的。"沃尔夫不满地说。

"那当然，"莉儿说，"但你还是希望我问你这个问题。"

"我不能回答你，因为没意思。"沃尔夫说。

莉儿把笼子从拇指转到食指上。

"你总不能老是赋予那台机器如此悲剧的色彩吧！这毕竟不是你自己的主意。"

"一般而言，生活出现波折的时候，并不是它预先策划的。"沃尔夫说。

"那台机器很危险。"莉儿说。

"必须处于危险的或者有点失望的状态。"沃尔夫说，"如果不是完全故意的，那就非常好。我就属于这种情况。"

"为什么说有点故意呢？"莉儿问。

"稍微有点故意，是为了如果害怕，可以对自己说'这是我自找的'。"沃尔夫答道。

"这简直太小孩子气了。"莉儿说。

小笼子从食指飘到中指上，沃尔夫望着鞘翅目昆虫。

沃尔夫一边数着手指头一边说："除了颜色、香味和音乐，其他都很小孩子气。"

"一个女人呢，自己的女人呢？"莉儿反驳说。

"一个女人，不，因为起码要有三个。"沃尔夫说。

他们沉默了好一阵子。

"你看来要跟我说一大堆很高尚的事。"莉儿说，"我倒是有办法让你停下来，但我不能取下费了那么多工夫才做好的指甲。你就和拉居里出去散散心吧。你拿点钱,你们俩一起去寻开心吧,这样对你们有好处。"

"从那里面观察事物,会大大缩小你感兴趣的范围。"沃尔夫说。

"你真是一个顽固不化的泄气鬼。"莉儿说,"奇怪的是,你还继续以这种态度去做事,你还没有全都尝试嘛……"

"我的莉儿。"沃尔夫说。

她穿着蓝色浴袍,身上暖暖的,散发着香皂和香水的芬芳。他吻了一下她的脖子。

"我难道和你们尝试了所有东西吗?"他带着逗弄的口吻问。

"当然没有啦,我希望你继续尝试下去。"莉儿说,"你再给我挠痒,你会把我的指甲搞坏的。我更希望你和你的助手自己去瞎玩。天黑了再回来吧,嗯……而且别告诉我你们都做了些什么。今天可别再去捣鼓那台机器了。要生活,不要老是唠叨。"

"今天不需要捣鼓机器。"沃尔夫说,"我起码三天之内不会想那些事情。你为什么想让我自己一个人出去玩,不带上你?"

"你不太喜欢跟我一起出去玩。"莉儿说,"今天我正好心不烦,所以我更愿意你自己出去。去吧,去找拉居里吧,把弗拉莉留下陪我,嗯?你会很高兴找到借口跟她出去玩,然后叫拉居里去捣鼓你那台破烂机器。"

"你真笨……两面三刀。"沃尔夫说。

他站起身来,趁机吻了一下莉儿稍露在外面的乳房。

"你快走。"莉儿说着用另一只手轻轻打了他一下。

沃尔夫走出去时顺手把门关上,上楼去敲拉居里的门。拉居里叫他进去,他看见拉居里躺在床上,阴沉着脸。

"嗯,很伤心,对吗?"沃尔夫问道。

"唉!是的,没错。"拉居里叹了一口气。

"走,咱俩出去玩玩。"沃尔夫说。

"玩什么呢?"拉居里问。

"玩不正经男孩的游戏。"沃尔夫说。

"那我就不带上弗拉莉了?"拉居里问。

"绝对不能带上她。"沃尔夫说,"对了,她在哪儿?"

"在她房间里,"拉居里说,"正在弄她的指甲呢。唉!"

他们一起走下楼梯。沃尔夫在经过自己住的那一层时停了下来。

第十九章

"你看起来情绪不太好。"他说。

"您也不太好。"拉居里说。

"咱们喝点壮阳酒吧,"沃尔夫说,"我这儿正好有一瓶1924年的酸葡萄酒,喝了心情会舒坦些。"

他把拉居里拉到餐室里,打开橱柜,里面有一瓶喝了一半的酸葡萄酒。

"这够咱们喝了。就着瓶子仰着喝,嘴唇不沾瓶子,行吗?"沃尔夫说。

"好啊,像男子汉一样!"拉居里说。

"咱们本来就是男子汉。"沃尔夫补充说,像是给自己打气。

"大棒迎风,蠢货去死。"拉居里说,沃尔夫却只顾自己喝酒。

"大棒迎风,蠢货去死。新会员万岁!把瓶子递给我,别都喝光了。"

沃尔夫用手背抹着嘴巴,说:"你看起来有点紧张。"

拉居里闷头喝酒,发出"咕噜咕噜"的声响,随后补上一句:

"我是一个很会装假的人。"

空瓶子意识到自己已变得毫无用处，乖乖地蜷缩成团，消失得无影无踪。

沃尔夫说："咱们走吧。"

他们一起出去，放慢脚步，并用炭笔标示着脚步[1]，这样更令人开心。

他们的左边，机器逐渐消失在视线中。

走过"方地"，穿过围墙缺口，道路展现在眼前。

"我们干吗去？"拉居里问。

"找女孩玩去。"沃尔夫说。

拉居里说："太棒了！"

"什么太棒了？"沃尔夫反驳道，"这话应该由我来说。你可是个单身汉。"

"正因为我是单身汉，才可以尽情地玩而不会感到内疚。"拉居里说。

"没错，但你不会告诉弗拉莉的。"沃尔夫说。

"当然不会啦！"拉居里抱怨说。

"那她就不会再要你了。"

"我可不知道！"拉居里虚伪地说。

"你想我替你跟她说吗？"沃尔夫假惺惺地建议道。

"我想最好不要。"拉居里承认说，"可是我有这个权利，我的上帝！"

"那倒是。"沃尔夫说。

---

[1] 此处是纯粹的文字游戏。原文为 marquant le pas au moyen d'un crayon gras，动词 marquer 的本义是"标示、标记"，而 marquer le pas 则是放缓脚步的意思。

"跟她在一起,我遇到了一些麻烦,"拉居里说,"我总是不能独自一人。每次我想以性的方式亲近她,也就是以灵魂的方式亲近她的时候,总是会有一个男人出现。"

他突然打住不吭声了。

"我简直是发疯了。这事儿听起来愚蠢透了,就当我什么也没有说吧!"

"有一个男人?"沃尔夫问。

"没错,"拉居里说,"有一个男人,可我一点办法也没有。"

"他干吗呢?"

"他就看着。"拉居里说。

"看什么?"

"看我做的事。"

"这个嘛……"沃尔夫轻声说,"感到不自在的应该是他才对。"

"不,因为他,我做不出什么让人尴尬的事儿。"拉居里说。

"这个玩笑太绝了,"沃尔夫说,"你是什么时候想出这个主意的?你就跟弗拉莉说你不想要她了,这不更简单吗?"

"可是,我想要她!……"拉居里呻吟说,"我可特别想要她!"

他们来到城郊。有些房子刚刚露出尖角,有些房子不大不小,只露出半截,一半窗户还埋在地里,还有一些房子完全长出地面,颜色不同,气味各异。他们沿着大街往前走,随后转向情爱区①。走进一道金色的栅栏后,一切都变得富丽堂皇。房子的门面全部镶上绿松石或玫瑰红熔岩,地上铺着厚软舒适的柠檬黄毛毯。街道上空,隐约可见

---

① 这里的情爱区充满了科幻小说的色彩,如镶嵌宝石的房子、带香味的天然气、远程监控等等,同时也带有浓厚的乌托邦式都市建筑风格。

薄薄的水晶、紫色和水色的雕花玻璃穹顶。用芬芳气体点亮的路灯照着房子的门牌号,每栋房子前都有彩色电视小屏幕,透过屏幕可监视屋内的人在挂着黑色和淡灰色绒幔的小客厅里的一举一动。令人销魂的美妙音乐把人们脊背上最后六节脊椎扭结在一起。那些闲着没事的女人站在门前的水晶壁龛里,玫瑰水帘恬然泻下,让她们身心柔情万般。

她们的头上浮动着一片红色的云雾,时而遮掩时而显露穹顶上变化无穷的玻璃画。

街上零星走着几个男人,茫然若失,迈着懒散的步伐。还有几个男人躺在屋前,一边试图恢复元气,一边想入非非。街道两旁,在柠檬黄毛毯下,长着富有弹性的青苔,夹杂着温柔的情感,红色的蒸汽溪流顺着厚厚的玻璃下水道,沿着屋子流淌,透过那些管道可清楚地看到浴室内的一举一动。

街上卖胡椒和西班牙苍蝇①的女商贩在来回走动,她们头戴宽宽的花头巾,手中托着茶色小金属托盘,上面摆着做好的三明治。

沃尔夫和拉居里坐在走道上。一位身材高挑苗条、肤色黝黑的女贩向他们走来,嘴里哼着一首慢节奏的华尔兹,光滑的大腿撩过沃尔夫的脸颊。她散发着海岛沙滩的芬芳,沃尔夫伸手把她拉住,轻轻地顺着腿部抚摸她结实的肌肤。她在沃尔夫和拉居里之间坐下,三个人一起吃起了加了胡椒的三明治。

吃到第四口的时候,空气在他们的头上颤动起来,沃尔夫舒适地躺在溪流里。女贩在他身边躺下,沃尔夫是背朝下,她则是背朝上,

---

① 西班牙苍蝇又名斑蝥或芫菁,与胡椒一样,被视为具有壮阳功效,用作春药。

胳膊撑在地上,不时递上一块三明治让他咬一口。拉居里站起身来,四下张望,想找一个卖饮料的女商贩。商贩走过来,他们喝了几杯滚烫麻辣的菠萝酒。

"咱们干吗好呢?"沃尔夫色眯眯地轻声问道。

"我们在这儿很舒服,"拉居里说,"但如果进入其中一间漂亮的小屋,肯定会更带劲儿。"

"你们不饿了?"卖胡椒的女贩问。

"也不渴了?"她的同伴也问。

"我们可以跟你们一起到这些房子里去吗?"沃尔夫问。

"不行,我们毕竟是贞洁的女子,"两位女贩异口同声地说道,"我们卖酒不卖身。"

"那我们可以摸吗?"沃尔夫说。

"可以,"两位姑娘说,"摸一下、吻一下、舔一下,都行,其他没门儿!"

"啊呀,真是的!"沃尔夫说,"胃口刚给吊起来,就得停下来了!……"

"我们分工不同,"卖饮料的女贩解释道,"干我们这行的得很小心,况且屋子里的那些女人更专业……"

她们站起身,舒展腰肢。沃尔夫坐起来,一只手有点不知所措地捋了一下头发。他原地不动揽住三明治女贩的双腿,把嘴唇贴在来者不拒的肌肤上,然后站起身,并把拉居里拽起来。

"咱们走吧!"他说,"不要打扰她们工作。"

她们转眼已招手告别走开。

"咱们数到第五间屋子,然后就进去。"拉居里说。

"好，同意。"沃尔夫说，"但为什么是第五间？"

"因为我们是两个人呀。"拉居里说。

他数着数：

"……四……五。您先进去。"

那是一道玛瑙小门，青铜门框闪闪发亮。从屏幕看去她们正在酣睡。沃尔夫推门进去，屋里亮着米色的灯光，三个姑娘躺在一张硕大的皮革床上。

"很好。"沃尔夫说，"咱们自己脱衣服吧，别把她们吵醒。中间那位可以用来把我们俩隔开。"

"这下我们就可以理清思路了。"拉居里一阵狂喜。

沃尔夫把衣服扔在脚边。拉居里半天解不开鞋带，便一把扯下来。两人一下子赤身裸体了。

"如果中间那位醒过来怎么办？"沃尔夫问。

"别担心，"拉居里说，"咱们会找到办法的，她们知道在这种情况下该怎么办。"

"我太喜欢她们了，"沃尔夫说，"她们散发着女人的香味。"

他躺在最靠近他的那位红棕色头发女郎身边，她还在酣睡中，身子暖暖的，连眼都没有睁开一下。当沃尔夫精力充沛，前后摇晃，重新变成年轻小伙子时，她只是大腿到腹部之间苏醒了过来，上身还继续酣睡，可此时却没有任何人偷看拉居里。

第二十章

沃尔夫醒了过来，伸了伸懒腰，把身子从上下完全睡熟的爱侣中抽出来，站起身来，舒展肌肉，俯身把她抱起，让她搂着他的脖子，把她放到浴缸里，浴缸中流淌着散发着香气的半透明的水。他把她舒适地安放在浴缸里，然后折回来穿上衣服。拉居里已经穿好衣服在等他，抚摸着两个顺从的姑娘。他们走出屋子时，两位姑娘亲吻了他们，然后去和她们的同伴会合。

他们走在黄色的土地上，双手插在裤兜里，尽情地呼吸带有奶味的空气。路上遇到一些神情安详的男人，有几个偶尔坐在地上，脱下鞋子，靠在过道小睡一会儿，之后再重新开始，其中有那么几个人终生在情爱区虚度时光，以胡椒和菠萝酒为食。他们干瘦如柴，眼睛火红，动作圆滑，神色安详。

在一条街的拐角，沃尔夫和拉居里迎面碰上两个刚从一间蓝房子走出来的海员。

"你们是这儿的人吗？"高个子问。

他个子很高，棕色头发有些卷曲，肤色黝黑，身上肌肉发达，长着一副罗马人的面孔。

"是的。"拉居里说。

"可以告诉我们哪儿好玩吗?"另外一个中等个子、面无表情的海员问。

"想玩什么呢?"沃尔夫问。

"玩滴血游戏或翻翘游戏。"第一个海员说。

"游乐区在那边,"拉居里指着前面说,"咱们一块儿去吧。"

"好啊,我们跟你们一起去。"两个海员齐声说。

他们一边说话一边继续往前走。

"你们是什么时候上岸的?"拉居里问。

"两年前。"高个子海员说。

"叫什么名字?"沃尔夫问。

"我叫桑德尔,我的朋友叫贝尔仁格。"高个子海员答道。

"你们两年来一直都待在这个区吗?"拉居里问。

"是的,"桑德尔说,"我们觉得这儿挺好,我们很喜欢玩游戏。"

沃尔夫因为读过有关海员故事的书,就问道:"是玩滴血游戏吗?"

看起来沉默寡言的贝尔仁格说:"对,滴血游戏和翻翘游戏。"

"跟我们一起玩吧。"桑德尔建议。

"玩滴血游戏?"拉居里问。

"是的。"桑德尔说。

"你们一定很厉害,我们不是你们的对手。"沃尔夫说。

"这个游戏可好玩了。"桑德尔说,"没有输家。多多少少都有赢,别人赢了自个儿也赢。"

"啊呀,说得我的心都动了,"沃尔夫说,"时间有点晚了,但不管了,总得什么都试一下吧?"

"时间不是问题,"贝尔仁格说,"我口渴了。"

他叫住一个卖饮料的女商贩,商贩即刻跑过来,托盘上的银杯子里盛着煮沸的菠萝酒。她和他们一起喝,四位男子使劲亲吻她的嘴唇。

他们继续踩在厚厚的黄毛毯上,时而被烟雾缭绕,身心完全放松下来,浑身上下精神抖擞。

"到这儿之前,你们在海上航行了很长时间?"拉居里问。

"从……从来没有。"两位海员说。

贝尔仁格随后补充说:

"我们在撒谎。"

"事实上,我们从来就没有停过,"桑德尔说,"我们说从来没有,是因为根据我们的想法,可以模仿一首儿歌。"

"但这还是没有说清楚你们究竟都去了什么地方。"拉居里说。

桑德尔说:"我们看见了凹陷岛[①],在那儿待了三天。"

沃尔夫和拉居里肃然起敬,看着他们。

"那是什么样的岛?"沃尔夫问。

"是凹陷下去的岛。"贝尔仁格说。

"天呀,真见鬼!太可怕了!"拉居里说。

他一下变得脸色苍白。

"不要想它了,"桑德尔说,"现在已经过去了,而且,当时我们并没有意识到这一点。"

他停下脚步,说:"到了,就是这个地方。你们说得对,是应该从

[①] 维昂深受儒勒·凡尔纳科幻小说的影响,此处无疑令人想起《神秘岛》。

这边走。我们在这儿待了两年半,还是分不清东南西北。"

"那你们在海上怎么办?"沃尔夫问。

"海上总是千变万化,从来没有两道一模一样的海浪,"桑德尔说,"可这儿总是一成不变,除了房子就是房子。真没办法。"

他推开门,门同意他的说法。

屋子很大,铺着瓷砖,方便清洗。一边是玩家,都坐在皮椅上;另一边的人站着,有男有女,以满足不同的口味,他们都被绑着,赤身裸体。桑德尔和贝尔仁格已经带着刻有自己姓名首写字母的滴血管,拉居里从托盘上拿起两支滴血管和一盒针,一支给沃尔夫,一支给自己。

桑德尔坐下来,把针管放在嘴里,吹了一下。他面前坐着一个十五六岁的女孩,针刺入她左边乳房的肌肉里,顿时渗出一大滴血,顺着她的身体流下来。

"桑德尔心眼儿真坏,居然瞄准乳房。"贝尔仁格说。

"那您呢?"拉居里问。

"我嘛,首先,我扎的是男人。"贝尔仁格说,"我喜欢女人。"

桑德尔已经扎到第三根针,这根针离前面的两根很近,都能听见钢针相碰的声音。

"你想玩吗?"沃尔夫问拉居里。

"好啊。"拉居里说。

"可我一点也不想玩。"沃尔夫说。

"来个老女人怎么样?"拉居里建议说,"你面前的那位……这对你绝没什么坏处。"

"不,我不喜欢,一点儿也不好玩。"沃尔夫说。贝尔仁格已经选好目标,是个男孩,身上插满钢针,只顾低头看自己的脚,一副无动于衷的样子。①他深深呼了一口气,用尽全力把钢针吹了出去,针尖直插肌肉中,消失在男孩的腹股沟内,顿时不见了踪影。男孩吓得跳了起来。

此时,一位看守员走过来,对贝尔仁格说:"您玩得太狠了,扎得那么重,针怎么能拔出来呢?"

他凑近鲜红的血点,从口袋中掏出镀铬的钢质弹簧小镊子,小心翼翼从肌肉里搜挖出一根亮闪闪的血红的针,让它掉在瓷砖上。

拉居里有点犹豫,对沃尔夫说:"我特别想试一试,但我不敢保证自己会像他们那样喜欢这玩意儿。"

桑德尔已经吹完十根钢针。他的手颤抖着,轻轻地咽下唾液,此时只能看见他的眼白。他身上一阵痉挛,一下子跌坐在皮椅上。

拉居里启动手柄,调整面前的目标。突然,他愣住了,一动不动。

面前站着一个穿着深色衣服的男人,神情凄切,盯着他看。拉居里把手搭在眼皮上,叫道:

"沃尔夫,你看见他了吗?"

"谁呀?"沃尔夫问。

"那个男人!……就在我面前。"

沃尔夫看了看,觉得心很烦,想离开。

"你精神失常了。"他对拉居里说。

这时,他们身边一片嘈杂。贝尔仁格又用力过狠,受到了惩罚,

---

① 此画面影射基督教中殉难的圣徒塞巴斯蒂安周身插满箭头、鲜血淋漓的形象,该场面常见于基督教宗教绘画中,塞巴斯蒂安常被描绘成年轻貌美的样子。但文中的滴血游戏也令人联想起在美国十分流行、酒吧等场所内处处可见的掷箭游戏。

脸上被扎了五十根针，顿时血糊糊一片。他发出痛苦的呻吟，两个看守走过来把他带走了。

拉居里为这景象所困惑，转开了视线。等他回过头来，前面已空无一人。他站起身来，小声对沃尔夫说：

"我跟您一起走……"

他们走了出去，身上的朝气荡然无存。

"我们怎么会遇到这两个海员的呢？"拉居里说。

沃尔夫叹了一口气：

"唉，天底下水那么多，岛屿却那么少。"

他们大步流星地离开了游乐区，前面出现了城市黑色的栅栏。他们越过障碍，走入由灰暗的线条编织而成的黑幕中。还得走一个小时才能回到家。

第二十一章

两人肩并肩地随意走着,就像亚当与夏娃。拉居里艰难地迈着脚步,米色的丝绸衣服起了皱。沃尔夫低着头走路,数着自己的步子,走了一会儿,他带着几分希望说:

"咱们从洞穴那边走,怎么样?"

"好吧。这儿人太多了。"拉居里说。

确实,不到十分钟,他们就三次碰到一个不干不净的老头。沃尔夫伸出手臂,指着左边,表示要拐弯。他们进了第一间房子。房子不高,只有两层,因为已接近郊区。他们走下通向地窖、长满青苔的楼梯,来到一条走廊里,从那儿毫不费力地就来到了洞穴[①]。只需把看门人打昏就可以进去,而这可谓易如反掌,因为看门人只剩下一颗牙。

看门人身后有一道窄门,呈半圆拱状,还有一座新建的楼梯,上面铺满亮闪闪的细小水晶粒。一路上处处有灯给沃尔夫和拉居里照明,他们的鞋底踩在晶莹闪烁的岩溶地板上,发出嘎吱嘎吱的响声。楼梯下方,底下的空间变得宽敞起来,空气也随之变暖,还有脉动的

[①] 维昂试图透过黑人舞者的地下王国,呈现巴黎拉丁区圣日耳曼地窖的爵士乐酒吧。

感觉，恍如在动脉当中。

他们走了两三百米路才开始说话。墙面有时会断开，敞开裂口，现出更低的岔口，形成岔道。每到此时，水晶的颜色都有所变化，有淡紫色、艳绿色、乳白色，并呈现出乳蓝色和橙色交杂的光泽。有些走道像是铺着猫眼石，有的走道光线柔和地颤抖着，水晶中心像一颗小小的矿物心脏那样颤动着。毫无迷路的危险，因为只需沿着大路走就可以走到城外。他们有时会停下来观看岔道里的灯光变化，连接地带摆着白色的石头长凳，供人坐下休息。

沃尔夫想起机器在黑暗中等着他，便寻思着自己什么时候再回去工作。

"机器立柱上渗出一种液体。"沃尔夫说。

"就是你下来的时候，脸上留下的那种黑乎乎、黏兮兮的东西吗？"拉居里问。

"我下来的时候才变成黑色的，"沃尔夫说，"在里面它是红色的，又红又黏糊，很像黏稠的血液。"

"不像是血。很可能是一种冷凝物……"拉居里说。

"这等于用一个词来代替一种神秘[①]，又形成另一种神秘，如此而已，"沃尔夫说，"这样一来，到了最后就是耍魔术了。"

"那又怎么了？"拉居里反驳道，"那台机器，难道不是魔法吗？那是高卢人迷信的残余物。"

"哪种迷信？"沃尔夫问。

[①] 维昂创作《红草》期间非常喜欢阅读波兰裔美国哲学家、语义学家阿尔弗雷德·科日布斯基的著作，维昂常在小说中引用他的句子。科日布斯基主张要将词语即事物的名称和事物的现实区分开来，其最著名的格言包括"地图不是领土""'狗'作为词语不会咬人"。

"您和其他高卢人一样,害怕天会塌在您的头上,"拉居里说,"所以您就抢先一步,把自己先关起来。"

"我的上帝!"沃尔夫说,"恰恰相反,我想知道后面究竟藏着什么。"

"既然无缘无故,为什么会流出红色的液体呢?"拉居里反驳说,"这肯定是冷凝起的作用,可您却一点也不担心。您在里面究竟看见了什么东西嘛?您连这个都不告诉我,我可是从一开始就跟您一起工作的!您很清楚,您对里面有什么根本就不感兴趣……"

沃尔夫没有回答。拉居里犹豫了一下,还是决定把话说出来:"对瀑布来说,重要的是瀑布,而不是水。"

沃尔夫抬起头来,说了一句:

"在里面,看到的是过去的事情,如此而已。"

"那您还想再回去吗?"拉居里说,冷笑中充满了讥讽。

"不是想不想的问题,这不可避免。"沃尔夫说。

"哈哈!……您太可笑了。"拉居里噗嗤一笑。

"那你跟弗拉莉在一起的时候为什么显得那么愚蠢?"沃尔夫反唇相讥,"你能否告诉我其中的原因?"

"我当然不会告诉您,"拉居里说,"我没什么值得跟您说的,因为根本就没发生什么不正常的事儿。"

"哼!你现在可来劲了?"沃尔夫说,"就因为你和情爱区的妞儿来了两下,你就觉得跟弗拉莉没事了?就可以安枕无忧了?等你重新跟她在一起,那男人肯定又会来找你的麻烦。"

"不会的,我做了这事,绝对不会的。"拉居里说。

"可是,刚才在玩滴血游戏的时候,你不是又看见那男人了吗?"

沃尔夫问。

"没有。"拉居里撒谎撒得很干脆。

"你撒谎。"沃尔夫说,随后又补充道:

"你断然撒谎。"

对话越来越令人尴尬,拉居里改变了语气:"咱们快到了吗?"

"还没有,还要半个小时。"沃尔夫说。

"我要看那个黑人跳舞。"拉居里说。

"在下一个岔口,十分钟就到了。"沃尔夫说,"你说得对,这样换换脑子也好,那个滴血游戏实在是太蠢了。"

"下次咱们改玩翻翘游戏吧。"拉居里说。

第二十二章

这时,他们来到了可以看见黑人跳舞的地方。黑人们现在已经不在外面跳舞了,因为总是有一大堆蠢人来看热闹,他们以为是把他们当笑柄。黑人总是疑神疑鬼,而且也不无道理。毕竟,所谓白色,只意味着没有颜色,并不是一种特殊的品质。我们不明白为什么发明脂粉的人就得高人一等,就有权利去干扰舞蹈、音乐等非常有意思的活动。说那么多是为了解释为什么黑人最终找到了这个还算安静的地方。地窖里有人看守,要看黑人跳舞就得赶走看门人。这一举动在黑人眼里形同一张证书:如果真想看他们跳舞,就得打败看门人,这样才可赢得观看他们跳舞的权利,才能证明自己没有成见。

黑人把自己安顿得很舒服,一个特制的管子给他送来真正的太阳和室外空气。他选择的岔道是用华美的橙色镀铬水晶装饰的,天花板比较高,空间十分宽敞,里面生长着热带植物和不可缺少的香料,还养着蜂鸟。黑人用一架经过改良、可以长时间演奏的机器给自己伴奏。早上他分节练习舞蹈,晚上再演出完整版,不漏下任何细节。

沃尔夫和拉居里进来的时候,他正要开始跳蛇舞,从胯部一直舞动到脚趾,无须身体其他部分帮助完成。他非常有礼貌地等待他们走近才开始跳。他的音乐机器奏出非常悦耳的音乐,从中可听出蒸汽轮船低沉的汽笛声,录制唱片时,它被巧妙地用来取代乐团的中音萨克斯管。

沃尔夫和拉居里默默地专心观看。黑人肢体非常灵巧,可以变换出十五种扭动膝盖的花样,即便对黑人而言,这也是一个相当可观的数目。舞蹈让他们逐渐忘记了所有的烦恼:机器、市政府、弗拉莉和滴血游戏。

"幸亏我们取道洞穴回家。"拉居里说。

"没错,"沃尔夫说,"而且,现在外面天已经黑了,这儿居然还有太阳。"

"咱们应该搬来这儿和他一起住。"拉居里建议说。

"那工作怎么办?"沃尔夫不以为然。

"哈,工作!是啊!当然了!"拉居里说,"得了吧,你还想回到你那讨厌的机舱里。工作倒是一个很好的借口。我嘛,我得看你最终是否能回来。"

"嘘,别说话!别打扰我,好好看他跳舞,他会阻止你想这些烦人的事儿。"

"当然啦,可我毕竟还有一点儿职业意识。"拉居里说。

"去你妈的职业意识!"沃尔夫说。

黑人咧开大嘴停了下来,对着他们笑。蛇舞结束了,他脸上渗出大滴的汗珠,他用一块很宽的方格手帕擦了擦汗,紧接着又跳起了鸵鸟舞。他跳得有板有眼,一次也没有弄错,并用脚打着拍子,编造出新的节奏。

跳完这段新创的舞蹈之后,他向他们投来一个灿烂的笑容。

"你们在这儿已经待了两个小时。"他很客观地说。

沃尔夫看了一下手表,确实正好两个小时:"可别怪我们啊,我们都看入迷了。"

"这才是舞蹈的用处嘛。"黑人说。

沃尔夫知道,黑人变得神经过敏时,一般很快就能让人感觉得到。他觉得已经待了太长时间,于是不得不带着几分遗憾跟他低声告别。

"再见喽。"黑人说着又接着跳跛脚狮子舞。

在重新回到地下通道之前,沃尔夫和拉居里回过头来,看见那个黑人正在模仿高原羚羊的袭击动作,但再转过头来时,就再也看不见他了。

"哎呀!太可惜了,不能再待多点时间!"沃尔夫说。

"我们已经迟到很多。"拉居里说,话虽如此,他却一点儿也不着急赶路。

"这一切都很令人失望,因为不能长久。"沃尔夫说。

"真让人沮丧。"拉居里说。

"可如果长久,结果也还是一样的。"沃尔夫说。

"但这永远不会长久的。"拉居里说。

"可以!"沃尔夫说。

"不可以。"拉居里说。

两人争执不下,沃尔夫只好改变话题。

"前面还有一整天的工作等着我们呢!"他说。

他又想了一下,随后补充道:

"工作,是长久延续的。"

"不是。"拉居里说。

"是的。"沃尔夫说。

这一次,他们只好闭嘴不说话了。他们走得很快,地面开始升高。突然,前面出现了一座楼梯,在一个哨所的右边,毕恭毕敬站着一位老看守。

"你们在这儿搞什么名堂?"他问道,"你们把我另一头的同事干掉了,对吗?"

"不是太严重,明天他就可以走路了。"拉居里安慰他说。

"算了。我承认不讨厌看见有人来,"老看守说,"祝你们好运,小伙子们。"

"如果我们以后再来,您会让我们下来吗?"拉居里问。

"没门儿!"老看守说,"规定就是规定,除非你们能跨过我的身体。"

"好的。下次见!"拉居里承诺说。

外面天色灰蒙蒙的,刮着风。天很快就要亮了。

经过机器旁边时,沃尔夫停了下来,对拉居里说:"你自己回去吧,我得回到里面去。"

拉居里默默地走开。沃尔夫打开橱柜,穿上工作服,嘴唇微微颤抖起来。他拉起提杆,把门打开,进入机舱。灰色的舱门在他身后关上,发出清脆的声响。

第二十三章

　　这次,他把速度调到最大,却丝毫感受不到时间的流逝。等神志清醒过来的时候,他已来到主干道的上方,恰好就是上次他跟贝尔勒先生告别的地方。

　　还是那个灰黄色的地面,上面散落着栗子和落叶,并铺着草坪,但已经不见废墟和荆棘。他看到了要穿过的拐角,于是毫不犹豫地往前走。

　　他几乎马上就意识到背景突然发生了变化。尽管如此,他并没有中断或断裂的感觉。现在,眼前是一条铺有石头的街道,颇为刻板、冷清,右边有一排圆形菩提树,菩提树后面是一栋宽阔的灰色房屋,左边是一堵冷峻的墙,上面插着玻璃碎片。周围万籁俱寂。沃尔夫沿着墙慢慢走,走了十来米,发现面前有一扇带小窗口的门虚掩着,便毫不犹豫地推开门进去。就在这时,一阵短促的铃声响起,但很快就停止了。沃尔夫走进一个宽敞的方形庭院,他不由得想起从前中学的中庭。庭院的布局他感到很熟悉。天开始暗下来,在曾是中学总学监[①]

[①] 总学监在 20 世纪 60 年代之前是法国高中和初中的重要人物,主管学校行政内务,监督纪律执行情况。

的办公室里亮着昏黄的灯光。地面维护得很好,十分干净。深灰色的板岩屋顶高高的,有一个风向仪在嘎嘎作响。

沃尔夫朝光亮处走去,走近时,透过玻璃门,看见一个男人坐在一张小桌前,似乎在等人。他敲门走进去。

那人从灰色背心口袋里掏出一个圆形的精钢怀表,看了一下时间。

"您迟到了五分钟。"

"对不起。"沃尔夫说。

办公室是传统的布局,气氛凄凉,散发着墨水和消毒水的气味。那个男人的旁边放着一块长方形的小木板,凹刻着黑色的字样:布鲁尔先生。

"请坐。"他说道。

沃尔夫坐下来,看着对方。布鲁尔先生的面前摊开一本淡黄色的厚纸文件夹,里面夹着不同的文件。他四十五岁左右,身材瘦小,脸颊蜡黄,下颌突出,鼻子尖细,显得神情忧郁,零乱的眉毛下长着一双多疑的眼睛,灰白的头发上因长期戴着帽子而圆圆地凹了下去。

"您曾跟我的同事贝尔勒面谈过。"布鲁尔先生说。

"是的,先生。雷翁-阿贝尔·贝尔勒。"沃尔夫答道。

"根据计划,我现在必须提问您有关小学和以后的学业情况。"布鲁尔先生说。

"好的,先生。"沃尔夫说。

"这有点麻烦,因为我的同事格里耶神甫还得回过头来提问这些问题,"布鲁尔先生说,"因为您与宗教的关系持续时间很短,而在学业上却花了很长时间,超过了二十年。"

沃尔夫点点头。

"请从这儿走,顺着里面的这条走廊,一直走到第三个分岔口,"布鲁尔先生说,"在那儿您很容易就能找到格里耶神甫。把这张纸条递给他,然后再回来找我。"

"好的,先生。"沃尔夫说。

布鲁尔先生填好一张表格,递给沃尔夫。

"这样我们就有时间借助它来了解您。"他说,"顺着走廊走,第三个横向路口就到了。"

沃尔夫起身向他告别,然后走了出去。

他感到有点压抑。长长的拱形走廊震荡着回声,嗡嗡作响,走廊尽头通往一个内院,有个荒芜的花园,砾石小径两旁种有矮小的黄杨树。干燥的地上长着枯死的玫瑰枝以及几撮可怜巴巴的小草。沃尔夫的脚步声回荡在走廊里,他很想撒腿狂奔,就像从前上学迟到,包着灰暗铁皮的栅栏门关上了,他经过看门人的房间时拼命奔跑。粗糙的砾面水泥地上矗立着几根柱子,支撑着拱顶,时而间隔着白色的石头带,磨损得比其他地方严重,从中可看见化石贝壳的痕迹。院子的另一端,有好几间空无一人的教室,门敞开着,里面摆着几排长凳,偶尔可看到一角黑板,还有破旧讲坛上一张硬邦邦的椅子。

走到第三个岔道,沃尔夫马上看到一块白色的珐琅小牌,上面写着"教理讲授"字样。他羞怯地轻轻敲了一下门,然后走了进去。这是一间很像教室的大房间,里面没有课桌,只有坚硬的长凳,被割了一道道口子。电灯拖着长长的电线,配有饰以珐琅的灯罩。墙壁从地面一直到一米五高处都是褐色的,上面就变成了脏兮兮的灰色,所有的物品都蒙着一层厚厚的灰尘。高雅瘦削的格里耶神甫坐在桌前,看起来等得有点不耐烦。他留着小胡子,穿着剪裁得体的长袍。一个薄薄的黑色文件夹放在桌上靠近他的地方。看见他手上拿着布鲁尔先生刚刚拿着的那份材料,沃尔夫一点都不感到惊讶。

他把纸条递给神甫。

"您好,我的孩子。"格里耶神甫说。

"您好,神甫先生。是布鲁尔先生让我……"

"我知道,我知道。"

"您着急吗?我可以等一会儿再来。"沃尔夫问。

"不,一点也不,我有充足的时间。"格里耶神甫说。

他的话音正腔圆,有点过分优雅,让沃尔夫感到不太自在,就像拿着一个碍手碍脚的玻璃器皿。

"我们来看看……"格里耶神甫轻声说,"我觉得您已经没有什么信仰,对吗?那么,请告诉我,您是什么时候开始不信宗教的?这个问题很简单,不是吗?"

"是的……"沃尔夫说。

"请坐下,请坐下。"神甫说,"喏,这有一张椅子。慢慢来,不要紧张……"

"没有什么可紧张的。"沃尔夫无精打采地说道。

"您觉得讨厌,是吗?"神甫问。

"哦,不……"沃尔夫说,"只是有点过于简单,如此而已。"

"并非那么简单,好好想想吧。"

"人们给小孩灌输说教太早了,"沃尔夫说,"他们年龄还小,还相信奇迹,那时候还希望看见奇迹发生,一旦没有如愿,他们就什么也不信了。"

"您以前可不是这样的,"格里耶神甫说,"您的回答针对一个普通孩子还说得过去。您这样回答是不想解释得太透彻,我很理解……很理解,可是,对您来说有别的原因……是吗?"

"哼!既然您对我进行了周详的调查,那您应该对所有的事情都了如指掌。"沃尔夫生气地说。

"确实如此。"格里耶神甫说,"可是,我不需要清楚地了解您,那是您的事……您的事……"

沃尔夫将椅子拉近,坐了下来,说:"在教理讲授课上,我有一个跟您一样的神甫,但他叫维尔皮安·德·诺兰库尔·拉罗什-比宗。"

神甫和颜悦色地说:"格里耶不是我的全名,我的姓氏里也有一个表示贵族称号的前置词。"

"在他的眼里,并非所有的孩子都一样。"沃尔夫说,"他对那些穿着漂亮衣服的孩子还有他们的母亲更感兴趣。"

"但这些都不能成为不再信教的决定性理由。"格里耶神甫显得很通融。

"第一次领圣体礼时,我很虔诚,"沃尔夫说,"我差点晕倒在教堂里,当时还以为是耶稣的缘故,其实是因为我们在一个空气不流通的封闭空间里等了三个小时,我都快饿昏了。"

格里耶神甫笑了起来:

"您对宗教的仇恨是一个小男孩式的仇恨。"

"你们的宗教是小男孩式的宗教。"

"您没有资格这样说。"格里耶神甫反驳说。

"我不相信上帝。"沃尔夫说。沉默片刻,他又说:

"上帝是效益的敌人。"

"效益是人类的敌人。"格里耶神甫说。

"是人类身体的敌人……"沃尔夫反驳说。

格里耶神甫微笑着说:"情况不妙。我们越说越离题,您并没有回答我的问题……没有回答……"

"我当时对你们的宗教形式很失望。"沃尔夫说,"毫无根据,装腔作势,又要唱小曲,又要穿漂亮的服装,天主教和杂耍歌舞简直是半斤八两。"

"请您回到二十年前的心态上,"格里耶神甫说,"来吧,不管是教士还是非教士……我在这里是为了帮助您。杂耍歌舞也很重要啊。"

"我们没有同意或反对的论据。"沃尔夫低声说,"只是信或者不信而已。每次进教堂,我总感到不自在。看到那些年龄跟我父亲相仿的男人,在经过小壁橱前跪下一条腿时,我感到很别扭。我为父亲感到羞愧。我从来没有接触过坏教士,比如我们在鸡奸者书上看到的那种言行卑鄙可耻的教士。我也从来没有受到过不平等的对待,我可能几乎分辨不出什么叫平等,什么叫不等。但和教士在一起,我总觉得不自在。可能是因为长袍的缘故。"

"您什么时候说过'我弃绝撒旦,弃绝他的浮华和他的作为'呢?"格里耶神甫试图帮助沃尔夫。

"我想到了一个泵……"沃尔夫说,"确实是真的,但我已经记不太清楚了。那是邻居花园里的一个泵,带有一个绿色的叶片。您知道,我几乎没有听过什么教理讲授课……鉴于我所受的教育,我没法相信这些东西,当时只不过是为了拥有一块金手表以及结婚时不会遇到麻烦而已。"

"谁会强迫您到教堂去举行婚礼呢?"格里耶神甫问。

"朋友们觉得好玩才去的。"沃尔夫说,"那是给女人的一条裙子。哎呀，我很烦这些……我对这些全不感兴趣，对这从来都不感兴趣。"

格里耶神甫建议说："您想看上帝的照片吗，就一张？"

沃尔夫看着他，神甫没有开玩笑，他坐在那儿，专心，急切，很不耐烦。

"我不相信您有上帝的照片。"沃尔夫说。

格里耶神甫把手伸进长袍的口袋里，掏出一个精美的褐色鳄鱼皮钱包。

"我有一系列很精彩的照片。"他说。

他从里面抽出三张，递给沃尔夫。沃尔夫心不在焉地扫了一眼。

"没错，正如我想的那样，"他说，"这是我的朋友伽纳尔。我们在学校演戏或课间休息时，每次都是他扮演上帝。"

"是的，没错。"格里耶神甫说，"的确是伽纳尔，谁会相信呢，对吗？伽纳尔，一个又懒又笨的学生，居然成了上帝，谁会相信呢？您看这张侧面照，比前一张更清晰。您想起来是谁了吗？"

"对，他鼻子旁边有一颗美人痣，"沃尔夫说，"有时候，在课堂上，他会在上面贴上翅膀和脚，让人以为是一只苍蝇。伽纳尔……可怜的家伙。"

"别可怜他，他混得很好，处境不错。"格里耶神甫说。

"对，处境很棒。"沃尔夫说。

格里耶神甫把照片放回皮钱包，在其中的一层找到一张长方形的小纸片，递给沃尔夫：

"拿着，我的孩子。总的来说，您回答得不错，得了一分。拿到十分的时候，我就给您一张图片，一张很漂亮的图片。"

沃尔夫惊愕地看着他，摇了摇头："这不是真的，您不是这样的。

您不会那么宽容,这是伪装,是欺骗,是宣传,是捕风[1]。"

"不,不,您弄错了。"神甫说,"我们是很宽宏大量的。"

"得了吧,得了吧,有谁会比一个无神论者更宽宏大量呢?"沃尔夫说。

"死人,"格里耶神甫把钱包放回口袋,漫不经心地说,"行了,行了,谢谢您。下一个。"

"再见。"沃尔夫说。

"您找得着路吗?"格里耶神甫问,但并不等待回答。

---

[1] 这里可能暗指《传道书》1:14 中的名句:都是空虚,都是捕风。暗指对方的作为是徒劳的。

第二十四章

沃尔夫这时已经走出来,正回想起所有那些事情,格里耶神甫本人不让他提及的所有那些事情……在黑暗的礼拜堂中跪着的情景,当时他非常痛苦,但现在想起来却没有感到什么不愉快。礼拜堂很清凉,略带神秘感,进去右手边是告解室。他对第一次告解的情形记忆犹新,那是很模糊、很笼统的忏悔,跟之后的忏悔大同小异。小格窗后面,神甫的声音在他听来跟往常很不同,含糊、沙哑,显得平静多了,似乎告解师的职能真的提升了他的境界,或者说是使他脱离了原先的境界,赋予了他宽恕的能力,提高了他的理解力,让他能够安全地辨别善恶。最有趣的是第一次领圣体前的退省避静。神甫手拿着木响板,像教小士兵那样教孩子们摆弄,以免仪式当日出问题。出于这一原因,礼拜堂失去了原有的宗教威严,成为一个令人颇感亲切的场所,古老的石头和小学生之间产生了某种默契。小学生们成群结队地站在主道的左右两旁,练习如何排成两队,随后再合成一排,密集的队伍沿着走道延伸至台阶,然后再分成两个对称的队列,从神甫和仪式当天负责协助的副本堂神甫手中接过圣体饼。沃尔夫心想:到时是神甫还是副本堂神甫给我递上圣体饼呢?他挖空心思地想出种种手段，想在关键时刻取代别的同学抢先领到神甫递过来的圣体饼。因为，如果是拿了副本堂神甫递上的圣体饼的话，会有被雷击或被撒旦永远逮住的危险。之后他们还学唱感恩歌，礼拜堂回响着"温柔的羔羊""荣耀""希望""支持"①的歌声！……沃尔夫惊讶地发现这些"热爱"和"崇拜"的字眼是如何空虚，在周围孩子的嘴里，在他本人的嘴里，只有声音的功能。

此时，进行初领圣体礼就很有意思了，因为面对那些比自己年轻的孩子，会觉得在社会阶梯上升了一级，挂上了饰带；而面向年纪稍大的孩子，则感觉进入了他们的圈子，可以和他们平起平坐，继而是袖章、蓝套装、笔挺的衣领、漆亮的皮鞋，还有喜庆日子的激动心情、盛装的礼堂、熙熙攘攘的人群、焚香的味道、摇曳的烛光，更感觉到自己像是在表演，因向神秘境界迈进而百感交集，因怜悯、害怕而想咀嚼"它"，但心里又很担心："如果是真的"，"是真的"……回到家里后，肚子鼓鼓的，心中一片苦涩，感觉自己受骗了；还有跟朋友交换的金色图像、将被穿坏的套装、再也派不上用场的领子、一块日后手头拮据时可以毫不后悔地转卖的金表、一本弥撒书，那是虔诚的表姐送的礼物，由于有精美的封皮而不敢扔掉，但又不知有何用；不算太大的失望、可笑的闹剧……还有因为根本不知道是否看见耶稣而感到有点遗憾。不知是因为室内太热、各种气味混杂、早上起得太早，还是因为领子系得太紧而不知所措……

一片空虚。徒劳无益。

此时，沃尔夫站在门前，面对着布鲁尔先生，用手抹了一下额

---

① 引文为两首著名的天主教感恩歌的摘选。

头,坐了下来。

"做好了……"布鲁尔先生说。

"做好了,但毫无效果。"沃尔夫答道。

"怎么会呢?"布鲁尔先生问。

"我们谈不拢,只开了些玩笑。"沃尔夫说。

"但后来呢?"布鲁尔先生问,"您把所有的事情都跟自己说了,这是最关键的。"

"啊?是的,好吧。"沃尔夫说,"但不管怎么样,这个节目完全可以从计划中取消。太空泛了,毫无实质性的内容。"

布鲁尔先生说:"所以我才让您先去看他。赶快处理好一件毫不重要的事情。"

"确实是毫不重要,我从来没有为此而苦恼过。"沃尔夫说。

"当然,当然,但这样更全面一些。"布鲁尔先生嘟哝道。

"上帝其实就是伽纳尔,我以前的同学,"沃尔夫解释说,"我看见他的照片了,这就使事情回归到确切的位置上。归根到底,这场对话并非毫无用处。"

"现在,让我们认真地谈谈吧。"布鲁尔先生提议。

"过去了那么多年,一切都混在一起,得理出个头绪才行。"沃尔夫说。

第二十五章

"重要的是,"布鲁尔先生一字一句地说,"确定您的学业如何助长您对人生的厌恶。因为这正是促使您来这儿的原因,对吗?"

"差不多是这样。"沃尔夫说,"还有,为什么我在这一点上会感到失望。"

"首先,您在学习上的主动性如何?"布鲁尔先生问。

沃尔夫记得很清楚,当时,他很乐意去上学。他告诉了布鲁尔先生,并补充道:"坦率而言,我觉得还应加上一点,即便我当时不想上学,我还是会去的。"

"真是这样吗?"布鲁尔先生问。

"我小时候学得很快。"沃尔夫说,"当时很想拥有课本、书包和纸张等,真的。再说,无论如何,我的父母都不会留我在家的。"

"但也可以学别的呀,比如音乐、绘画。"

"不。"沃尔夫说,漫不经心地看了一眼房间。一个布满灰尘的文件柜上,放着一座旧的石膏头像,一个笨手笨脚的外行人在上面添加了一撇胡子。

"我父亲很年轻就中止了学业,"沃尔夫解释说,"因为他当时可以不需要文凭。所以他坚持要我完成学业，也就是让我去上学。"

"总之，他们送您上了中学。"布鲁尔先生说。

"我希望有同龄的同学，这一点也起了作用。"

"一切都很顺利。"

"从某种程度上说，是这样。"沃尔夫说，"但我童年时代就比较明显的倾向就一发不可收了。要知道，一方面，中学解放了我的思想，因为它让我接触到的习惯和癖好均有别于我所属阶层的人。其后果是，我对所有的东西都产生了怀疑，并选择那些最能满足我并有助于我构建人格的东西。"

"或许吧。"布鲁尔先生说。

"而且，中学还强化了我跟贝尔勒先生所谈到的特殊性格：身体孱弱却一心想当英雄，因自己无法全身心投入其中的某一方面而失望和沮丧。"

"您的英雄主义倾向使您处处都想争第一。"布鲁尔先生说。

"可是我的懒惰本性又让我无法一直当第一。"沃尔夫说。

"这造就了一种平衡，有什么不好呢？"

"那是一个不稳定的平衡，"沃尔夫说，"一种令人疲乏不堪的平衡，或许所有起作用的力量都不那么强烈的系统更适合我。"

布鲁尔先生开始说道："有什么能比这个更稳定呢⋯⋯"他很奇怪地看着沃尔夫，就没有说下去了。

沃尔夫连眉头也不皱："我的虚伪不断加剧，我说的虚伪并非是城府很深的意思，它只涉及我的学业。我很有运气，有一定的天赋，我假装刻苦，其实不费任何力气就能超过中等水平。可人们并不喜欢有天分的人。"

"您希望别人喜欢您?"布鲁尔先生心不在焉地问道。

沃尔夫脸色变白,肌肉似乎也收缩起来。

"我们不谈这个,就谈学业吧。"

"好吧。"布鲁尔先生说。

"您问,我答。"

"从何种意义上来说,您的学业造就了您?"布鲁尔先生问,"请您不要只是满足于追溯到童年的早期。用功学习获得了什么样的成果?因为毕竟您还是下了功夫的,勤奋刻苦,或许是外在的、肯定的,但只要坚持足够长的时间,有规律的习惯肯定会在一个人身上起作用。"

"足够长的时间……"沃尔夫重复道,"亏您说得出来,简直是没完没了的折磨!整整十六年……十六年屁股粘在硬板凳上,十六年时而取巧时而诚实。十六年了,除了烦恼,还剩下什么呢?不过是互不关联、微不足道的陈事旧影而已。10月1日新书的油墨香、画画的纸片、生物解剖课青蛙让人恶心的肚子和福尔马林的气味;学年末期发现老师也是正常人,因为他们也要去度假,班上的人也变少了;还有考试前夜不明缘由的恐惧感……所谓有规律的习惯,不外乎如此……可是,布鲁尔先生,让小孩整整十六年承受有规律的习惯,这很可耻,您知道吗?时间完全被扭曲了。布鲁尔先生,真正的时间并不是机械地分成全部均等的小时……真正的时间是主观的,留守在我们心中……每天早上七点起床,正午吃饭,九点睡觉,没有一个晚上是属于自己的。您永远不会知道,会有那么一瞬间,大海在潮退潮涨之间会静止不动,昼夜会交替相融,形成热流涌潮,一如河流涌向大海之际。整整十六年的夜晚全给人剥夺了。布鲁尔先生,除了这些,人们还剥夺了我的其他东西，剥夺了我的目标。上初中一年级的时候，人们让我相信，升到初中二年级是我唯一的目标。到了高中三年级，必须要拿下高中会考毕业证书……然后还要拿下大学文凭……布鲁尔先生，是的，我当时相信自己有一个目标，其实我什么目标也没有……我在一个无始无终的走廊里走着，前后行走着一连串的傻瓜。我们裹在驴皮里滚动着，就好像人们把苦药包在糖衣里便于吞咽。但您知道吗，布鲁尔先生，我现在才明白自己当时更愿意品尝人生真实的滋味。"

布鲁尔先生搓着双手一言不发，然后把手指的关节拉得咯咯响。沃尔夫觉得这很令人难受。

"这就是我作弊的原因，"沃尔夫最后总结道，"我作弊……仅仅是想成为在笼中思考的人，因为我毕竟和那些麻木不仁的人一起待在笼子里……而且自己也没有提前一秒钟钻出来。当然，他们以为我是逆来顺受，以为我在模仿他们的所作所为，以满足我在乎别人对我的评价的心理。然而，在那段时间里，我的心在别处，我懒散怠惰，脑子想着别的事。"

"要知道，我根本没发现有作弊的迹象。"布鲁尔先生说，"无论是否懒散怠惰，您毕竟完成了学业，排名也很不错。您虽然想着别的事，但并不意味着您有过错。"

"它耗尽了我的精力，"沃尔夫说，"我讨厌上学的那几年，因为它耗费了我的精力。我不喜欢这样。"

他拍了一下书桌：“您看看这张旧书桌。所有与学习有关的东西都像它那样。脏兮兮的，积满灰尘的破烂东西，油漆已经斑驳脱落，台灯上满是灰尘和苍蝇屎，到处是墨迹，桌面满是洞洞，被小刀割得面目全非。橱窗里摆着鸟类标本,长满蛀虫。臭气熏天的化学实验室寒碜可怜,体操室通风不良,庭院里散落着炉渣。年迈愚蠢的老师迟钝又痴呆,简直是一个痴呆学校。教育,这可是经不起岁月考验的,它会变成麻风病。表面破了之后,可见背后的真相,丑恶至极。"

布鲁尔先生沉着脸,皱了皱长长的鼻子,似乎不甚赞同:

"我们大家都在消耗。"

"那当然,但并不全都是以这种方式,"沃尔夫说,"我们是层层剥落,由中心向外消耗,没那么丑陋。"

"消耗并不是一种毛病。"布鲁尔先生说。

"当然是毛病,我们应该因虚耗精力而感到耻辱。"沃尔夫说。

"可所有人都得这样。"布鲁尔先生反驳说。

"如果活到了一定岁数,这倒无关紧要,"沃尔夫说,"但如果人生一开始就得这样,那是我所极力反对的。您看,布鲁尔先生,我的观点很简单:只要有一个充满空气、阳光、鲜草的地方,我们就应该为自己不在那儿而感到遗憾,尤其是当我们还年轻的时候。"

"咱们还是言归正传吧。"布鲁尔先生说。

"我们已经进入正题。"沃尔夫说。

"难道学业没有给您留下任何正面的影响吗?"布鲁尔先生问。

"哎呀,布鲁尔先生,您不应该问我这个。"沃尔夫说。

"为什么?您知道,我对这个特别无所谓。"布鲁尔先生说。

沃尔夫看着他,眼睛里现出更为失望的神色:"哦,请原谅。"

"然而,我必须了解这一点。"布鲁尔先生说。

沃尔夫点点头,在开口前咬了咬下唇,然后说:

"在切割成块的时间里生活,不受任何损害,不染上对某种表面秩序的浅薄嗜好是不可能的。之后,如果再把它拓展到周围的事物上,这不是很自然吗?"

"没有什么比这更自然的了,"布鲁尔先生说,"虽然您这两个断言反映了您本人而非所有人的精神特性,我们还是继续往下谈吧!"

"我谴责我的老师,"沃尔夫说,"用他们的腔调和书本的笔调让我相信世界是静止不变的;谴责他们在某个既定阶段把我的思想固化,此外这个阶段也不无矛盾,并让我认为在某日、某地存在着一个理想的秩序。"

"不是很好吗,"布鲁尔先生说,"这是一个能够给您增添勇气的信仰,您不觉得吗?"

"当人们发现永远都达不到那个境界,"沃尔夫说,"而且必须留待如同天空的星云一样遥远缥缈的下一代人去享用的时候,这种激励就会变成失望,人就会沉落深渊,如同硫酸加速钡盐沉淀一样。这样打比方是为了继续保持学习的气氛,而且在钡的例子中,沉淀物是白色的。"

"我知道,我知道,"布鲁尔先生说,"您别老纠缠在这些毫无意义的评论上。"

沃尔夫恶狠狠地盯着他,说道:

"行了,我给您说得够多了,您自己想办法去应付吧。"

布鲁尔先生皱着眉头,用手指拍打着桌子:"人生中的整整十六年,您就说了那么点儿,居然就觉得说得够多了。这未免太马虎、太轻率了吧!"

"布鲁尔先生,"沃尔夫一字一顿地说,"请听我回答,听好了。您讲的学业,简直是开玩笑。这是世界上最容易的事情。您试图让人相信，几代人以来，人们一直试图让人相信，工程师、科学家才是精英人物，这让我觉得好笑，谁都清楚，没人会被愚弄，除了所谓的精英们自己。布鲁尔先生，学拳击比学数学更难，不然的话，学校里拳击班的数目肯定比数学班的数目要多；成为游泳健将也比写文章难得多，不然的话，游泳教练肯定会比法语教师多。布鲁尔先生，谁都可以拿下中学毕业会考证书，成为业士，现在业士多如牛毛，但能够参加十项全能运动的人却屈指可数。布鲁尔先生，我怨恨学业，因为识字的蠢人太多了，而且他们绝不会弄错，争相阅读体育报纸，为体育健将捧场。与其死读历史书，还不如学会正确地做爱。"

布鲁尔先生腼腆地举起一只手："这不属于我提问的范围，我再次请您不要离题。"

"爱情和其他体育活动一样受到忽视。"沃尔夫说。

"可能吧，"布鲁尔先生回答说，"我们一般会留出特别的篇章来讨论这个问题。"

"好吧，那咱们就别谈这些了，"沃尔夫说，"您现在已经了解我对学业的看法。您所谓的学业，无非是洗脑布道、死啃书本，使人糊涂愚钝；无非是臭烘烘的教室、手淫成瘾的差等生、四处是屎尿的厕所、阴险奸诈的闹哄者，还有戴着眼镜、面如菜色的高等师范学校毕业生，一本正经的综合工科学校毕业生，小资味十足的中央理工学校毕业生[1]，牟取暴利的医生，刁滑奸诈的法官……他妈的！还不如跟我聊一聊精彩的拳击比赛……虽然其中也有伪造的成分，但起码可以让人轻松一下。"

---

[1] 高等师范学校、综合工科学校、中央理工学校是法国最有名的高等教育精英学校，维昂本人即是中央理工学校的毕业生。

"轻松是相对的,"布鲁尔先生说,"如果拳击手和大学生人数一样多的话,大赛名列前茅的人将博得齐声喝彩。"

"或许吧,"沃尔夫说,"但我们选择了推广智力文化,这对于体力文化倒也有好处……现在,但愿您不要再打搅我。"

他用手抱住脑袋,好一会儿不再看布鲁尔先生。等他抬起头时,布鲁尔先生已经消失得无影无踪,他自己则站在一片金色的沙漠中,光线似乎来自四面八方,他的身后隐约传来一阵浪涛声,他转过身去,看见一百米开外是湛蓝、温暖、深邃的大海,他的心舒展开来。他脱下长靴、皮上衣和头盔,放在岸边,向晶莹闪烁的飞沫卷起蓝色浪花的地方奔跑而去。突然间,一切都变得模糊不清,并渐渐消融,然后又回到了旋风阵阵、空寂冰冷的机舱内。

第二十六章

沃尔夫坐在书房里,侧耳聆听。楼上拉居里在寝室里心情烦躁地来回踱步,莉儿应该离他不远,正在家中收拾。沃尔夫觉得自己犹如困兽,在如此短的时间内就玩遍了所有的游戏,以至于现在已黔驴技穷,无计可施,唯有深深的厌倦,还有那个钢铁机舱;磨灭记忆的尝试将如何了结,现在也变得非常不明朗。

他站起身来,百无聊赖,逐个房间去寻找莉儿。她正在厨房里,跪在参议员的箱子前盯着看,眼中噙满泪花。

"怎么回事?"沃尔夫问道。

蛙貔鹉正在参议员的脚间酣睡,参议员则嘴流唾沫,两眼翻白,口齿不清地哼着歌曲。

"是参议员。"莉儿说着便哽咽了。

"它怎么了?"沃尔夫问。

"我也不知道,"莉儿说,"我已经听不懂它说什么了,跟它说话,它又不回答。"

"可是它看起来很开心,它在唱歌呢!"沃尔夫说。

"它好像痴呆了。"莉儿嘟囔说。

参议员摇了一下尾巴,顷刻间眼中闪过一道光亮,似乎听懂了他们说的话。

"对了,"它说道,"我是变痴呆了,而且还要痴呆下去。"

然后它又继续哼它那首可怕的曲子。

"一切都好,"沃尔夫说,"你知道,它老了。"

"自从有了蛙貌鹈之后,它是多么开心。"莉儿哭泣着说。

"满足或痴呆,都是一样的,"沃尔夫说,"心无所求的时候,还不如痴呆。"

"唉,我可怜的参议员!"

"要记住,"沃尔夫说,"心无所求,有两种方式:原先企盼的东西已经到手,或因为无法拥有而泄气。"

"可它总不能就这样下去呀!"莉儿说。

"它对你说可以,"沃尔夫说,"这就是极乐洪福。因为它获得了所盼望的东西。我认为在这两种情况下,都会以无意识结束。"

"我真受不了。"莉儿说。

参议员做出了最后的努力:"你们听着,我只有最后的回光返照了。我很高兴,你们明白吗?我嘛,我不需要明白。这是彻底的心满意足,是植物性的机能。这将是我最后的表白。我重新接触……回归源头……只要活着,我就不再有任何企盼,不再需要聪明了。我补上一句:我本来就应该从这儿开始的。"

它贪婪地舔着鼻子,发出有失体面的声音。

"我很好,"它继续说道,"剩下的都是儿戏。现在我就中规中矩了,我很喜欢你们,或许我还能继续听懂你们的话,但我不会再说什么了。我拥有了我的蛙貌鹈,你们去寻找你们自己的东西吧!"

莉儿擤着鼻涕，抚摸着参议员，参议员摇着尾巴，把鼻子放在蛙貔鹉的脖子上，慢慢地睡着了。

"如果蛙貔鹉太少，"沃尔夫说，"不能人人都有，那可怎么办？"

他把莉儿扶起来。

"哦，天呐！"她说，"我真受不了。"

"莉儿，我那么爱你，"沃尔夫说，"为什么我就不能像参议员那么幸福呢？"

"那是因为我太渺小了，"莉儿依偎着他说，"或者是你看事情看不透，把它们当成别的了。"

他们离开厨房，走过去坐在宽大的沙发上。

"我几乎什么都尝试过了，"沃尔夫说，"没有什么能激起我再次尝试的欲望。"

"连亲吻我的欲望都没有了，是吗？"莉儿问。

"当然有啦。"沃尔夫一边吻着她一边说道。

"你那台可怕的破机器呢？"莉儿说。

"在那里面能让人回想起过去，我感到很害怕……"沃尔夫低声说。

他的颈部突然抽搐起来，难受极了。

"本来是为了忘却，"他继续说道，"但首先得重新回想起所有的事情，不能有任何遗漏，包括很多细节，而且还体会不到从前的感觉。"

"真那么烦人吗？"莉儿问。

"背负着自己从前的烦恼，真的烦死人了。"沃尔夫说。

"你不想把我也带上吗？"莉儿温存地爱抚着他说。

"你很漂亮，"沃尔夫说，"很善良，我爱你，可我却感到失望。"

"你失望?"

沃尔夫茫然地做了个手势,说:"人生不可能就由这些东西组成:扑鲁克球、机器、情人、工作、音乐、生活、他人……"

"那我呢?"莉儿问。

"当然,也有你,"沃尔夫说,"我们没法待在别人的身体里,那是两个人。你是完整的。加上你一整个人,就太多了。一切都值得保留,所以你真的应该有所不同。"

"你就钻到我的身体里来吧!"莉儿说,"就我们俩,我会很幸福的。"

"这是不可能的。"沃尔夫说,"我们不可能钻到另一个人的身体里,除非杀死他,剥掉他的皮。"

"那你就把我的皮剥掉吧。"莉儿说。

"那我就没有你了,"沃尔夫说,"即使钻到另一个人的身体里,我还是我。"

"哎呀!"莉儿伤心透了。

"我们失望的时候就是这样,"沃尔夫说,"所有的东西都会使我们失望,这是无法补救的。每次都这样。"

"那你一点希望都没有了吗?"莉儿问。

"那台机器……"沃尔夫说,"我有那台机器。毕竟,我进去没多长时间。"

"你什么时候还要再回去呢?"莉儿说,"我太害怕那个机舱了,可你却什么都不告诉我。"

"明天再说吧,"沃尔夫说,"现在,我得去干活了。至于要告诉你什么,我实在做不到。"

"为什么？"莉儿问。

沃尔夫的脸色突然阴沉起来。

"因为我什么也想不起来了，"他说道，"我只知道一旦进入其中，各种回忆就会涌现，但机器立刻就把这些回忆一笔勾销。"

"把你的回忆都销毁，你不害怕吗？"莉儿问。

"我还没有销毁任何重要的回忆。"沃尔夫含糊其词。

他侧耳聆听。楼上拉居里的房门砰的一声关上，接着楼梯上响起了很重的脚步声。两人站起身来，透过窗户往外看。拉居里几乎是跑着朝"方地"的方向而去，还没走到"方地"，就扑倒在红草里，双手抱着脑袋。

"你上楼去看看弗拉莉，"沃尔夫说，"究竟发生什么事了？他可能太累了吧。"

"你不去安慰一下他吗？"莉儿问。

"男人嘛，自己安慰自己就行了。"沃尔夫一边走进书房一边说。

这个谎他撒得自然而坦率，其实男人和女人的安慰方式没有什么不同。

第二十七章

莉儿觉得这样去安慰弗拉莉有点不好意思,因为很冒失。不过拉居里平常绝不会这样就走人的,而且他奔跑的样子,不像是因为发怒,而更像是受到了惊吓。

于是她来到楼梯平台,登上十八个台阶,敲了敲弗拉莉的房门,弗拉莉过来开门,并向她问好。

"发生了什么事情?"莉儿问,"拉居里究竟是害怕还是病了?"

弗拉莉还是那样温柔内向,说:"我不知道,他突然拔腿就逃。"

"我不想多管闲事,"莉儿说,"但他今天的举动很不寻常。"

"他正在亲吻我,"弗拉莉解释说,"突然又看见了那个人,这一次,他实在坚持不住,就逃走了。"

"当时没有人吧?"莉儿问。

"我倒无所谓。"弗拉莉说,"但他肯定看见了一个人。"

"那可怎么办呢?"莉儿说。

"我想他是因为我而感到羞愧。"弗拉莉说。

"不,他是因为爱而感到羞愧。"莉儿说。

"可我从来没有说过他母亲的坏话呀。"弗拉莉抱怨道。

"我相信你。可该怎么办呢?"莉儿说。

"我在犹豫是否要把他找回来。"弗拉莉说,"我觉得自己是他感到备受折磨的原因,其实我并不想折磨他。"

"怎么办呢?"莉儿又说,"如果你愿意,我可以去找他。"

"我不知道。"弗拉莉说,"他靠近我的时候,很想抚摸我,亲吻我,拥抱我,跟我做爱,我能感觉得到,而且也希望他这样做,可是他不敢,他害怕那个男人回来。可对于我来说,这没什么,我无所谓,毕竟我看不见那个人,可他却因此动不了了,现在就更糟糕了,他害怕得要命。"

"是的。"莉儿说。

"而且他很快会动怒,"弗拉莉说,"因为他越来越想要我,我也越来越想要他。"

"你们俩都太年轻了。"莉儿说。

弗拉莉笑了起来,笑声很可爱,轻柔而短促:

"你这么年轻居然就用这种口吻说话。"

莉儿笑了一下,但并非是快乐的微笑。"我不想摆出老太太的面孔,但我毕竟和沃尔夫已结婚好几年了。"

"拉居里不是一回事。"弗拉莉说,"我不想说他更好,他的苦恼和沃尔夫不同。但沃尔夫也很苦恼,您应该会同意我的说法。"

"是的。"莉儿说。

弗拉莉的话竟然跟沃尔夫刚才跟她说的话差不多,这让她感到有点奇怪。

"本来一切会很简单的。"她叹息道。

"是啊,"弗拉莉说,"可简单的事情多得很。其实是因为整体变复杂了,我们就辨别不清了。我们应该站在一定的高度上去看问题。"

"那样,我们就会惊恐万分地看到一切都很简单,"莉儿说,"我们会发现没有灵丹妙药,无法当场驱散幻想。"

"这很有可能。"弗拉莉说。

"我们害怕的时候该怎么办?"莉儿问。

"像拉居里那样,怕了就逃走。"弗拉莉说。

"要不然就发怒。"莉儿低声说。

"这都是我们会碰上的。"弗拉莉说。

她们沉默了一会儿。

"可是,怎样才能让他们重新对某件事情感兴趣呢?"莉儿说。

"我尽力而为吧。"弗拉莉说,"您也一样,我们都长得漂亮,试图给他们以自由,试着假装愚蠢,因为根据传统,女人必须愚蠢才行。这和做别的事情一样困难,但没有什么不体面的。我们喜欢他们,委身于他们,也要了他们的身子。这起码是诚实的,他们离开是因为害怕。"

"他们根本不害怕我们。"莉儿说。

"要是害怕就好了。"弗拉莉说,"即使害怕,也必须是发自他们内心的。"

阳光在窗棂边徘徊,偶尔会洒在光滑的地板上。

"为什么我们比他们更坚强呢?"莉儿问道。

"因为我们对自己有成见,"弗拉莉说,"这就让我们拥有了一种整体的力量。他们以为是这种整体让我们变得复杂了。我以前曾跟你说过。"

"这样的话,他们真的很蠢。"莉儿说。

"不该一概而论,"弗拉莉说,"也会轮到他们变复杂的。不过并非每个人都该得到同样的遭遇。我们不应该老想着'男人们',而应该想着'拉居里'或'沃尔夫'。他们老想着'女人们',所以才会失去女人。"

"您是从哪儿学到这套理论的?"莉儿惊讶地问。

"我也不知道,"弗拉莉说,"只是听他们说而已,而且我说的这些可能很愚蠢。"

"或许吧,总之很清楚。"莉儿说。

她们走到窗边。远处,鲜红色的草地上,拉居里米白色的身体凹了下去,或许有些人会说是凸起来。沃尔夫跪在他身边,一只手搭在他的肩上,对他弯下腰,想必是在跟他说话。

第二十八章

这是另外一天。拉居里的房间里散发着北方木材和树脂的芳香,弗拉莉在想入非非,拉居里要回来了。

天花板上露出几乎是平行的槽沟,木头的纹理时而显出深色的木疤,被金属锯片磨得十分光滑。

风卷起外面路上的尘土,吹打着苍翠的篱笆,红草蜿蜒起伏,浪尖上溅起新开的小花。拉居里的床清凉舒适,弗拉莉躺在上面,掀开被子,让脖子直接靠在亚麻枕头上。

拉居里会走过来,在她身边躺下,把手臂伸到她金色的长发后,用右手揽住她的肩膀,温柔地抚摸她。

他很腼腆。

一些梦境在弗拉莉面前浮现,她用眼睛捕捉,但懒洋洋的她却从未追根究底。既然拉居里会来,不是梦幻,那梦想又有什么用?弗拉莉真的活着,血液流动,她把手指搭在太阳穴上,可以感觉到血液在手指下奔流。她喜欢收拢又松开手掌,以舒缓肌肉。此时,她已经感觉不到沉睡的左腿,故意拖延摆动左腿的时刻,因为她知道那一刻会有什么样的感觉。能够提前感受,真是一种双重愉悦。

阳光把空气幻化成千万个金色的光点，无数个长有翅膀的蜉蝣在其间翩翩起舞，有时又似乎被吞没了一般，消失在阴暗空茫的光线中。弗拉莉常常感到揪心，她又回到了自己的梦境中，不再理会晶莹光片的舞动。她听见房子里熟悉的声音，楼下的门关上的声音，水龙头打开时水在管道中流动的声音。透过关上的门，她能听见有回音的走廊里拉动绳子打开气窗以及因对流不规则变化而发出的声音。

有人在花园里吹口哨，弗拉莉晃了一下左腿，腿部的细胞逐一重组，刹那间乱蹦乱动，几乎让人无法忍受。那感觉真是美妙极了。她伸展肢体，发出充满快感的呻吟声。

拉居里不紧不慢地登上楼梯，弗拉莉感到自己的心开始苏醒。心跳并未加速，相反却变得平稳、踏实、有力起来。她感觉到自己的两腮浮现了红晕，高兴地叹了一口气。这才是生活。

拉居里敲门进来。空白的壁板上，映衬出他的身影，淡茶色头发，宽阔的肩膀，纤瘦的腰板。他穿着茶褐色帆布连体工作服，衬衫敞开着；眼睛是灰色的，珐琅上富有金属质感的那种灰色；嘴唇轮廓分明，下面有块小小的阴影；颈项肌肉发达，优美的线条让衬衣的领子产生了一种浪漫的动感。

他一只手靠在门框上，凝视着躺在床上的弗拉莉。她微笑着，眼帘半垂，他只看到她弯弯的睫毛下透出的亮光。她左腿弯曲，轻盈的裙子随之撩起，拉居里心神不定，顺着另一条腿的线条向上看，从精致的鞋跟一直看到膝盖之上的阴暗处。

"你好。"拉居里说，但待在原地不动。

"你好。"弗拉莉说。

他一动也不动。弗拉莉双手拿着她用黄花做成的项链，轻轻地把它拆散，眼睛紧盯着拉居里，伸直手臂，任由项链线掉在地板上。然后，她摸索着镀铬的鞋扣，慢悠悠地脱掉了一只鞋。

她的手停了来，鞋跟在地上发出轻微的响声，然后又解开另一只鞋的扣子。

拉居里急促地呼吸着，着迷地用目光尾随弗拉莉的各个动作。她嘴唇湿润、鲜红，犹若温暖的花朵。

此时，她把网眼精致的长筒丝袜卷至脚踝，缩成灰色的小团，第二个小团又马上出现，双双掉落到鞋边。

弗拉莉的脚指甲上涂有蓝色的珍珠贝母色指甲油。

她穿着一条丝绸连衣裙，边上一排扣子，从肩膀一直扣到腿肚。她先从肩膀开始，解开裙子的两枚扣子，然后转到另一端，解开三枚扣子：一枚在上，一枚在下，每边两枚，只剩下腰间的一枚扣子。裙摆从她光滑的膝盖两侧散开，阳光照到她双腿间时，可隐约看见颤动的金色绒毛。

黑色的蕾丝花边三角内裤挂在床头灯上，现在只需解开最后一枚扣子了，因为弗拉莉平坦的腹部上轻盈的丝服已与她本人浑然一体。

弗拉莉的微笑遽然把房间内的阳光都吸引了过来。拉居里神魂颠倒，摇晃着臂膀，犹豫不决地走过去。就在这时，弗拉莉把裙子完全脱掉，似乎疲惫不堪，双臂交叉、纹丝不动地躺着。拉居里脱衣服的时候，她一动不动，坚挺的双乳却因身子平躺着而像花朵般怒放，粉色的乳头昂然挺立。

第二十九章

　　他在她身边躺下，拥抱着她。弗拉莉侧转过来，以亲吻回应他，用纤细的双手抚摸他的脸颊，嘴唇顺着他的睫毛轻轻滑过。拉居里微微颤抖，感到有一股热流凝聚在腰间，形成巨大的欲望。他不想仓促行事，不想让肉体之欲肆意放纵，而且也有一事，一种旧有的担忧在脑中作怪，制止他全面放松。他闭上眼睛，弗拉莉温柔的呢喃使他陷入意乱情迷的半昏睡状态中。他右侧卧躺下，弗拉莉转过身来迎着他。他抬起左手，碰到她白皙的手臂，便顺着抚至金色的腋窝，那里长着富有弹性的细细的腋毛。他张开眼睛时，发现有一滴透明的汗珠沿着弗拉莉的乳房滑落，便低头去吮吸，汗珠有一股咸咸的薰衣草香味。他把嘴唇贴在她绷紧的皮肤上，弗拉莉因为发痒而笑嘻嘻地收紧手臂。拉居里把右手伸进她长长的秀发里，然后抱住她的脖子，她坚挺的乳房栖息在拉居里的胸膛上，她不再发笑，而是芳唇微启，显得比平常更年轻，犹如即将苏醒的婴孩。

　　弗拉莉的肩膀上方，有个男子，神情忧郁，凝视着拉居里。

　　拉居里一动不动，手在身后轻轻摸索。床比较低，他够得着掉落在旁边的长裤。他摸到了系在腰带上的短匕首，刀刃上刻有深深的槽纹，这是他早年参加童子军时用的匕首。

他紧盯着那个男子。弗拉莉纹丝不动，叹着气，洁白的牙齿在微启的芳唇间闪闪发亮。拉居里抽出右臂，那男子一动不动，站在靠近弗拉莉那侧的床边。拉居里紧盯着他不放，慢慢跪起来，把匕首藏在右手中，浑身冒汗，鬓角和上唇冒出滴滴汗珠，汗水刺痛了他的眼睛。突然，他伸出左手，抓住那个男人的衣领，把他推倒在床。他感到自己力大无比，那男人却好像依然毫无生气，形若死尸。拉居里根据种种迹象判断，那人会当场晕倒，融化在空气里，于是便不顾细声细语地让他安静下来的弗拉莉，越过她的身子，残忍地将匕首刺进那人的心脏，只听见沉闷的一声，好像插在一桶沙上。匕首深深刺入那人的体内，把布料压进伤口里。拉居里拔出匕首，黏稠的鲜血已在刀上凝固，他用那人西装外套的翻领把它擦干净。

他把匕首放在唾手可及之处，又把僵死的躯体推倒在床的另一边，尸体悄无声息地滑落在地毯上。拉居里用右前臂抹了一下大汗淋漓的前额，全身肌肉里隐藏着一股野蛮的力量，随时准备沸腾。他抬起手放在眼前，想看看它是否在颤抖。手安静而结实，犹如钢做的。

外面刮风了，旋风卷起灰尘，从地面斜着上升，在草地上飞旋，缠绕着木梁和屋角，每到一处，都留下猫头鹰般轻微的呻吟。走廊里的窗户砰砰作响，沃尔夫的书房前，树木在摇动，发出沙沙的声响。

拉居里的寝室里，一切都很安静。太阳逐渐转向，把五斗橱上一张彩色画像照得通亮。那是一张美丽的图画，是一架飞机的发动机的剖面图，绿色代表水，红色代表汽油，黄色代表燃烧的煤气，蓝色代表输入的空气。在燃烧室，红色和蓝色重叠成精美的紫红色，恰如新鲜肝脏的颜色。

拉居里的目光落到了弗拉莉身上。她已不再微笑，像一个孩子，毫无理由地感到了失望。

尸体横躺在过道上，心脏部位有一道黑色的伤口，流着黏稠的血。如释重负的拉居里向弗拉莉俯下身去，轻轻吻了一下她侧面的颈项，然后沿着肩膀向下吻，抵达因肋骨而略有起伏的肋部，进入腰间的凹陷处，最后到了髋部。弗拉莉由左卧突然转为仰卧，拉居里的嘴唇吻在她的腹股沟上，透过白皙的皮肤，可见静脉如一条细细的蓝线，若隐若现，弗拉莉双手抱着拉居里的头引导他向下，但拉居里却已停下，猛然站起身来。

床边，有个男子站在他面前，一袭黑衣，神情忧郁地凝视着他们。

拉居里猛力抄起匕首，跳起来去刺他。刺第一下的时候，男人闭上了眼睛，眼皮像金属盖子一下就闭上了，但人仍然站立着，直到拉居里再次把匕首插入他的肋骨，他的身子才左右摇摆，像一根破烂的吊索跌倒在床脚。

拉居里手持匕首，赤身裸体，一脸怒火，打量着阴森可怖的尸体，却不敢踢他一脚。

弗拉莉坐在床上，不安地看着萨菲尔，金色的长发披在一边，遮住了她的半张脸。她把头仰向另一边，以便看得更清楚些。

她拉着拉居里的手，说："来吧，不要理他。你会伤了自己的。"

"这样起码少了两个了。"拉居里说。

他声音苍白无力，恍若在梦中。

"你得安静下来，"弗拉莉说，"什么也没有，我向你保证，什么也没有了。放松点，来，靠近我。"

拉居里灰心丧气地低下头，走到弗拉莉身边坐下来。

"闭上眼睛，"她说，"闭上眼睛，想着我……要我吧，现在就要我吧。求求你了，我太想你了，萨菲尔，我亲爱的。"

萨菲尔手中还拿着匕首，他把匕首放在枕后，将弗拉莉推倒，慢慢滑向她。她搂抱着他，像一棵金色的植物缠绕着他，喃喃细语，让他安静下来。

房间里只听见他们两人的呼吸声，屋外，风在呼啸，狠狠地抽打着树木。此时，天上的乌云犹如被警察驱赶的罢工者，前呼后拥，席卷而来，遮天蔽日。

萨菲尔的双臂紧紧地抱住弗拉莉紧张不安的上身。他睁开眼睛，只见弗拉莉因相互拥抱而鼓起的乳房以及他们之间形成的暗影线，一条圆润而温热潮湿的阴影线。

又一个阴影令他不寒而栗。突然重新出现的太阳在窗上勾勒出一个男子的黑色身影，那个男子穿着深色衣裳，神情忧郁地看着他。

萨菲尔轻声呻吟，更紧地搂住眼前的金发女子。他想闭上眼帘，眼帘却不听使唤。那男人一动不动，似乎无动于衷，略带谴责的神情，等待着。

拉居里松开弗拉莉，在枕头后摸索着，找寻匕首。他仔细瞄准目标，把匕首投了出去。

匕首击中了男子惨白的颈部，刀柄弹出，血开始流出来。男人仍然无动于衷地站立不动，当血流到地板时，他才踉跄几下，整个儿倒下。就在他的身体与地面接触时，风声呼啸更切，淹没了他倒地的声响，但拉居里能感觉到地板的震动。弗拉莉想拉住他，但他从她臂膀中抽身而出，踉踉跄跄地走到男人身边，粗暴地将匕首从伤口中抽出。

当他紧咬牙关，回过头来时，又看见左边有个和刚才那三个男人一模一样、穿着深色衣服的男人。他举起匕首,向那人冲去。这次,他是从上面袭击,从两个肩膀之间把匕首刺进去。然而与此同时,又一个男人从他右边冒出,前面也出现了一个。

弗拉莉坐在床上,因恐怖而睁大眼睛,手掩着嘴巴以免叫出声来。当她看见拉居里转身将匕首对准那人,直捣他的心脏时,她吼叫起来。萨菲尔跪在地上,尽力抬起头来,他的手从指头到手腕一片鲜红,在光秃秃的地板上留下了手印。他像野兽那样吼叫着,呼吸时发出水流般的声音。他想说话,却开始咳嗽起来。每咳嗽一下,鲜血就喷涌而出,化为千万粒鲜红的血滴飞溅在地。他呜咽了一下,嘴角下塌,手臂放下,整个人随之倒下。匕首的把柄直触地面,蓝色的刀刃从他赤裸裸的背部突出,掀起皮肤并将其刺破。他不再动弹。

这时,弗拉莉突然看见了所有的尸体。第一个躺在床垫旁边,另一个在床脚睡着,窗口的那个颈部裂着可怕的伤口……而每次她都能在拉居里的身体上看到同样的伤口。他是用匕首刺向眼睛而把最后一个男人弄死的,当她扑向男友身边想把他摇醒的时候,发现他的右眼只剩下脏兮兮的黑洞。

此时,屋外风声大作,天色惨白,暴风雨即将来临。弗拉莉默不作声,嘴唇发抖,不断地打寒战。她站起身来,下意识地穿上衣服,眼睛直盯着房间里的尸体,他们都长得一模一样。她又细细地看了一眼。

其中一个男人穿着深色衣服,趴在地上,姿势和拉居里一模一样,两人的侧影居然很奇怪地非常相像,同样的额头,同样的鼻子。那人的帽子跌落在地上,露出同样的头发。弗拉莉觉得自己的灵魂都快要出窍了。她无声地哭泣,不敢再动。所有男人都和拉居里一模一样,后来,第一个男人的身体显得不那么清晰了,轮廓在深色雾霭中变得模糊起来。形状变得越来越快，躯体在她面前开始消失，黑色的衣服散成阴暗的丝缕。在他消失之前，她发现那男人的身躯和拉居里完全一样，但此时他已经开始消失，灰色的烟雾在木地板上游走，从窗户的缝隙中飘出。第二具尸体也开始变形，弗拉莉吓得目瞪口呆，一动不动地等待着。她鼓足勇气看了一眼拉居里，随着那些男人一一化为烟雾，他烧焦的皮肤上的伤口也逐一消失。

当房间里只剩下弗拉莉和拉居里的时候，拉居里的身体又变得年轻俊美，和他生前一样。他脸部放松，毫发无损，右眼在垂下的长睫毛下闪着暗淡的光芒，唯有细小的蓝钢三角形在健壮的背上留下不同寻常的痕迹。

弗拉莉向门口走去，屋里没有任何动静，最后一丝蒸汽悄无声息地滑落在窗台上。她向门口飞奔而去，打开门，瞬间又关上，迅速来到走廊，冲向楼梯。就在这时，屋外狂风大作，响起一阵可怕的雷声，沉重的雷雨突然降临，打在瓦片上。闪电之后又是一阵雷声。弗拉莉跑下楼梯，走进莉儿的房间，她闭上眼睛。一道比刚才更亮的闪电划过眼前，紧接着是一阵震耳欲聋的响声。房子的地基都在颤抖，仿佛屋顶被狠狠地砸了一拳。刹那间，一片寂静，耳朵却仍然嗡嗡作响，就像是潜入了过深的水中。

第三十章

现在,弗拉莉躺在她朋友的床上休息,莉儿坐在她身旁,怜悯地看着她。她还在抽泣,拽着莉儿的手。

"好啦,一场暴风雨而已,"莉儿说,"弗儿,别那么惨兮兮的。"

"拉居里死了……"弗拉莉说。

她不再流泪,而是呆坐在床上,眼睛茫然若失,好像什么也不明白。

"瞎说,这是不可能的。"莉儿说。

她一下子反应不过来。拉居里没有死,弗拉莉肯定弄错了。

"他死了,在上面,"弗拉莉说,"躺在地上,赤身裸体,一把匕首插在背上。其他人都走了。"

"其他什么人?"莉儿问。

弗拉莉是不是在说胡话?可她的手并没有发热。

"黑衣人,"弗拉莉说,"他想把他们都杀死,但当他发现做不到的时候,他就把自己杀死了。当时,我全都看见了。我的拉居里,我以为他疯了……可我看见他们了,莉儿,当他倒下去时,我看见他们了。"

"他们长什么样?"莉儿问。

她不敢谈论躺在楼上已经死去、背上还插着刀的拉居里。没等弗拉莉回答，莉儿就站起身来："我们得去看看。"

"我不敢……"弗拉莉说，"他们都融化了……化成烟雾了，而且长得跟拉居里一模一样，完全一样。"

莉儿耸了耸肩膀：

"真是幼稚。究竟发生了什么事？你不要他了，他就自杀了……对吗？"

弗拉莉一脸惊愕地看着她："噢，莉儿！"她说着就哭了起来。

莉儿站起身来。

"我们不能让他一个人待在上面，要把他弄下来。"她低声说道。

弗拉莉也站起身来：

"我跟你一起去。"

莉儿神情呆滞，怅然若失。"拉居里没有死，人不可能就这样死去。"她喃喃自语道。

"他是自杀死的。"弗拉莉说，"他亲吻我的时候我是多么喜欢。"

"可怜的孩子。"

"他们太复杂了，"弗拉莉说，"哦，莉儿，我是多么希望这件事情没有发生，我们还在昨天……或者是在这之前，当他拉着我的时候……哦……莉儿……"

莉儿开门走了出去，她跟在后面。莉儿侧耳听了一下，然后毅然登上楼梯。楼上，左边是弗拉莉的房间，右边是拉居里的房间。弗拉莉的房间还在，但右边却只有……

"弗拉莉，怎么回事？"莉儿问。

"我不知道。"弗拉莉一边抱着她一边说。

拉居里原来的房间现在只剩下了屋顶,下面与走廊相连,颇像一个凉廊。

"拉居里的房间呢?"莉儿问。

"我不知道,"弗拉莉说,"莉儿,我不知道。我想离开,莉儿,我害怕。"

莉儿打开弗拉莉房间的门。一切依旧,梳妆台,床,橱柜,一切井然有序,散发着淡淡的茉莉花香。她们走出房间。从走廊望去,可以看见半边屋顶上的瓦片,第六排有块瓦片被局部砸坏了。

"是被雷击坏的,"莉儿说,"雷电把拉居里和他的房间化为乌有了。"

"不是的。"弗拉莉说。

此时她眼中的泪水已经干涸,全身变得僵硬起来。

"以前就是这样的……"她违心地说道,"那个房间从来就没有存在过,拉居里也从来没有存在过。我谁也不爱,我想离开。莉儿,你得跟我一起走。"

莉儿一脸惊愕,喃喃地说:"拉居里……"

她目瞪口呆,走下楼梯打开自己的房门时,几乎都不敢摸门把,怕一切都成阴影。经过窗前时,她打了个寒战,说:"这片红草,太可怕了。"

第三十一章

沃尔夫来到海边，伸了个懒腰，深深地吸了一口咸咸的空气。大海一望无际，无声息地涌动着，沙滩十分平坦。沃尔夫脱光衣服，向大海走去。海水很温暖，让人的疲劳一扫而光。赤裸的脚底下，是浅灰色的柔软细沙。他走进水中，海滩慢慢下陷，海水渐渐变深，得往前走很长时间水才能及肩。海水清澈透明，他看见自己白皙的双脚被放大了，抬脚时掀起一片细沙。他开始游泳，嘴半张半闭，品着海水灼人的咸味。他不时潜入水中，让自己感觉到完全沉入了大海，他在海里畅游了很久才回到岸边，却发现在脱下的衣服旁边有两个黑色的人影，纹丝不动地坐在细细的折叠椅上。由于她们背对着他，他并没有因光着身子出水而害羞，而是径直走到她们身边去穿衣服。等他穿好衣服，两个老妇人像是出于神秘的本能一般，立即转过身来。她们戴着黑色的草编软帽，披着海边老妇人常用的那种褪色披肩，手中各拎着一个十字绣提包，上有金色仿玳瑁扣环。年纪稍大的那位穿着一双查理九世式样的木底皮面套鞋，灰色的皮革脏兮兮的，鞋跟已经穿坏，配以白色的长筒棉袜；另一位穿着破旧的绳底帆布鞋，透过黑色的线袜，可见曲张的静脉。沃尔夫看见她俩之间有个小铜牌。穿平

※ 红　草 ※

底鞋的那位名叫爱洛伊丝小姐，另一位叫阿格莱小姐。[①]两人都戴着蓝钢夹鼻眼镜。

"您是沃尔夫先生吗？"爱洛伊丝小姐问，"我们负责向您提问。"

"是的，专门负责提问您。"阿格莱小姐附和道。

沃尔夫费了好大劲才想起已忘在脑后的计划，突然害怕得发起抖来。

"问我……关于爱情的事？"

"对了，我们是这方面的专家。"爱洛伊丝小姐说。

"对，是专家。"阿格莱也说。

她发现自己的脚踝露得太多了，便害羞地拉了一下裙子。

"我什么也不能跟你们说……我绝对不敢……"沃尔夫低声说。

"可我们可以倾听一切。"爱洛伊丝说。

"对，一切！"阿格莱附和道。

沃尔夫看着沙滩、大海和太阳。

"我们不能在这片海滩上谈这些。"他说。

可他第一次感到惊奇却是在海滩上，当时他和他叔叔一起经过更衣间，里面走出一位年轻女子。沃尔夫觉得看一个起码二十五岁的女子不太正常，但叔叔却回过头向那女子大献殷勤，赞叹她的腿长得美。

"你怎么会这样觉得的呢？"沃尔夫问。

"这不是显然的吗！"叔叔说。

---

① 此处选用爱洛伊丝和阿格莱两个名字不乏幽默。前者让人联想起12世纪一位著名的才女爱洛伊丝，她出身高贵、才智过人，爱上了其哲学老师阿贝拉并成为其情人。后者为希腊神话中能给人间带来欢乐幸福的三大女神之一，为宙斯之女。"阿格莱"原意为"美貌迷人"。

"可我没觉得。"沃尔夫说。

"以后你就能觉得了。"叔叔说。

这太让人担心了。或许有朝一日,醒过来的时候,我们可以说:这个女人的腿漂亮,那个不漂亮。从无知一族转到有知一族,会是什么感觉呢?

"我们一起看看,好吗?"阿格莱小姐的声音把他拉回到现实,"您那时候喜欢同岁的小女孩吧?"

"她们让我感到困惑。"沃尔夫说,"我喜欢抚摸她们的头发和脖子,但仅此而已。我所有的朋友都说,他们从十岁或十二岁开始就知道女孩是怎么回事了。我可能特别晚熟,或者是没有碰上机会。但我觉得自己当时即使有这种愿望,也会主动地克制自己。"

"为什么?"爱洛伊丝小姐问。

沃尔夫思考了一下。

"我担心讲起来头绪太乱,"他说,"如果你们不介意的话,我得先想一下。"

她们耐心地等着。爱洛伊丝小姐从包里拿出一盒绿色糖片,递了一片给阿格莱,阿格莱拿了一片,沃尔夫却谢绝了。

"我笼统地谈一下我结婚之前跟女孩子的关系变化情况,"沃尔夫说,"起初,我是有欲望的……或许我已经不记得是什么时候第一次爱上女人的了。肯定是很久以前的事……我大概只有五六岁,不记得是谁了,应该是我父母请客,我在晚会上看到的一位穿着晚礼裙的太太。"

他笑了起来;说:"那天晚上,我没有表白。另外几次也没有,然而好几次,我很想……我觉得自己比较挑剔,可有些细节很让我着迷……声音、皮肤、头发等。女人，真的很漂亮。"

爱洛伊丝小姐轻轻地咳着，而阿格莱小姐也摆出一副矜持的样子。

"乳房也很让我着迷。"沃尔夫说，"至于其他，比如说，我的性意识……到十四五岁才苏醒。虽然和中学同学有过比较露骨的交谈，但我的性知识还是很贫乏……我……你们知道我不好意思……"

爱洛伊丝做了一个让他放心的动作："我重复一遍，您真的讲什么都可以。"

"我们以前是护士。"阿格莱补充说。

"那我就继续吧，"沃尔夫说，"我尤其想摸她们，抚摸她们的胸脯和臀部，而不是她们的性器官。我曾经梦想过很肥胖的女人，挨着她们就像枕着一个鸭绒枕头。我曾经梦想过很结实的女人，黑女人。嘿，我想所有男孩都经历过这些，但想象的狂欢中欢爱比行为本身更为重要。我要补充一下，我所说的欢爱涵盖范围相当广泛的行动。"

"好吧，好吧，给您加一分，"阿格莱很快说道，"您当时喜欢女人，具体有什么表现？"

"别那么急，"沃尔夫抗议道，"为了自我克制……那么多事情……"

"有那么多事情吗？"爱洛伊丝问。

"多得不可思议，"沃尔夫叹气道，"而且都是一些愚蠢的事情……真实的事情……一些借口。比如说，学业……我总觉得学业更重要。"

"您现在还这样认为吗？"阿格莱问。

"不，我已经不抱什么幻想了，"沃尔夫答道，"如果荒废了学业，我会感到遗憾，就像我现在对自己在学业上花了太多时间而感到遗憾一样。还有傲慢的问题。"

"傲慢？"爱洛伊丝问。

"当我看见一个我喜欢的女人的时候，"沃尔夫说，"我绝对不会去向她表白。因为我觉得，如果我对她产生欲望，在我之前肯定也有人对她产生欲望……而我特别讨厌抢别人的位置，这个别人或许像我一样可爱。"

"您的傲慢在哪儿？"阿格莱问，"亲爱的年轻人，我看到的只有谦逊。"

"我明白他的意思，"爱洛伊丝解释说，"您是说如果您觉得那个女人好，别人也会觉得她好，这种想法很奇怪……这好比把您自己的判断上升为普世原则，并授予它完美证书。"

沃尔夫承认说："我当时觉得，不管怎么样，我的判断力跟别人一样强。"

"这是孤芳自赏。"爱洛伊丝说。

"我刚才就是这样跟您说的。"沃尔夫答道。

"多么奇怪的行为，"爱洛伊丝继续说，"如果您喜欢某个女人，直截了当去跟她说不是更简单吗？"

"现在谈一下我第三个克制的理由或借口，"沃尔夫说，"如果我遇到一个让我产生欲望的女人，我的第一反应确实是坦率地向她表白，可假设我对她说'您想跟我做爱吗'，她会同样坦率地回答我吗？如果她回答说'我也一样'或'我可不愿意'，那就很简单了。但她们往往找托词，说傻话，或假装一本正经……或一笑了之。"

"如果女人向男人提出同样的要求，男人会更诚实吗？"阿格莱反驳道。

"男人总是会欣然接受的。"沃尔夫说。

"好吧，可是请您不要把诚实与粗暴混淆起来，"爱洛伊丝说，"在您举例的过程中，您的表达方式有点……放肆。"

"我向您保证，"沃尔夫说，"同样清晰的问题，但以更礼貌的方式提出来，所得到的回答永远不会清楚。"

"总该献点殷勤嘛！"阿格莱娇媚地说。

"要知道，"沃尔夫说，"我从来没有跟哪个陌生女子搭过讪，无论她是否有意愿。因为我觉得她也像我一样有权选择，而且我很讨厌以一成不变的方式向别人求爱，跟她大讲风花雪月，赞颂她深邃的目光和迷人的笑容。我嘛，我想到的是她的乳房、她的皮肤，或者会想象她脱光衣服后是否仍是一个真正的金发美女。而至于殷勤文雅，如果我们承认男女平等，彬彬有礼就足够了，我们没有理由对待女人比对待男人更有礼貌。不，她们并不坦诚。"

"在一个被人刁难的社会里，她们怎么能如此直率呢？"爱洛伊丝说。

"您真是不可思议，"阿格莱火上加油，"难道您想这样去对待她们[1]，就像她们没有受到几百年的奴役？"

"或许她们跟男人一样，"沃尔夫说，"当我希望她们跟我一样有所选择的时候，我就是这样认为的。唉，可惜她们已经习惯了其他方法。不过，她们不改变自己的行为方式，就永远摆脱不了奴隶的枷锁。"

"万事开头难。"阿格莱说教起来，"您试着按自己的方式去对待她们，验证了这一点。您做得对。"

---

[1] 维昂在此借机引出有关女权主义的话题，与西蒙娜·德·波伏瓦当时刚刚发表的《第二性》遥相呼应。

"是的,"沃尔夫说,"可先知们错就错在他们总是对的,所以我们总是挖苦他们。"

"应该承认,"爱洛伊丝说,"女人虽然掩饰自己(这种掩饰可能是真实的),却是可以原谅的,但她们如果喜欢您,她们会坦率地告诉您的。"

"通过什么方式?"沃尔夫问。

爱洛伊丝无精打采地说:"透过她们的眼神。"

沃尔夫笑得很勉强:"对不起,可我这一辈子从来没能从眼神中解读出什么感情。"

阿格莱严肃地看着他,用蔑视的口吻说:"您干脆就说自己不敢或者害怕看对方的眼神吧。"

沃尔夫疑惑地看着她,这个老处女在他眼里突然变得让人不安起来。

"唉,我本来要说到这一点的。"他叹了一口气,费劲地说。

"这还是因为我父母,"他说,"我害怕染上病。越想跟所有我喜欢的女孩子睡觉,就越害怕染上什么病。当然,我对刚才说到的理由或借口麻木不仁,或视而不见。我不希望耽误自己的学业,害怕强加于人,厌恶采用卑劣的手段去向那些我希望能坦诚相待的女人求爱。但这些问题的真正实质是因为从青少年开始,人们装作思想开放进而向我说明我想做的事情风险很大,从而使我心中产生了深深的恐惧。"

"那结果怎么样呢?"爱洛伊丝问。

沃尔夫说:"结果是,我虽然有性欲,却一直保持贞洁。事实上,正如我七岁时那样,当我的精神假装反抗的时候,我虚弱的身体却满足并习惯于各种禁忌。"

"您在各方面都一样。"阿格莱说。

"最初，人的身体几乎都相同，"沃尔夫说，"具有相同的反应和需求，但在此基础上，却叠加了一系列来自社会阶层的观念，它们与上述反应和需求或多或少地相协调。我们当然可以试图改变这些既定观念，有时候也能做到，但到了一定的年龄，道德骨骼也会失去它的可塑性。"

"啊呀，您开始严肃起来了。"爱洛伊丝说，"给我们讲讲您的初恋吧！"

"你们问我这个，真愚蠢，"沃尔夫说，"你们应该明白，在这种情况下，我不可能产生什么激情。由于我自我禁忌，抱有那些错误观念，或多或少我首先必须选择在一个'合适的'阶层去拈花惹草。所谓合适的阶层，就是对方的教育条件与我本人的教育条件不相上下，这样我就可以肯定能碰上一个健康的、可能还是处女的女孩，万一出了什么事，还可以跟她结婚。又是父母灌输给我的那个安全需求在作怪：多穿一件毛衣总没什么坏处。你们看，要产生激情，即爆发性的反应，必须双方激情投入，其中一方的身体必须渴望它所缺少的东西，而另一方则必须拥有大量可供的东西。"

"我亲爱的年轻人，"阿格莱笑着说，"我曾经是化学老师，我提醒您，有些连锁反应一开始是很温和的，可以维持一段时间，但到了最后会变得非常剧烈。"

沃尔夫也笑着说："我自身的原则构成了一系列强大的抗催化剂，即使在那种情况下也不会发生什么连锁反应。"

"那么，一点激情都没有？"爱洛伊丝显然有点失望。

"我遇到过一些女人，"沃尔夫说，"其中一些我是可以感到有激情的。但在结婚之前,我下意识地害怕了,这妨碍了我结婚。之后,就纯粹是由于懦弱……我还有一个理由:害怕自己会伤心。这很美,对吗?这是一种牺牲。为谁牺牲?谁会从中受益?谁也没有。事实上,这不是牺牲,只是一个权宜之计。"

"确实是这样。请谈谈您的妻子。"阿格莱说。

"我给你们讲了那么多,"沃尔夫说,"要了解我的婚姻条件和特性已经很容易了。"

"是很容易,"阿格莱说,"可我们还是希望由您自己来介绍,我们是为了您而来的。"

"好吧。"沃尔夫说,"先讲原因:我结婚是因为在肉体上我需要一个女人,因为我讨厌撒谎和求爱。这就促使我比较年轻就结婚了,趁年轻能取悦对方,而且我也找到了一个我当时认为可以爱的女人,家境、观点、性格都比较合适。我几乎没有认识其他女人就跟她结了婚,其结果呢?没有任何激情,妻子太童贞,入门很慢,我自己则萎靡不振……等到她开始有兴趣的时候,我已经疲倦不堪,无力让她开心幸福。我蔑视一切逻辑,期待强烈的情感,结果是等得疲惫不堪。她长得很漂亮,我也挺喜欢她,也希望她好,但这并不足够,而现在,我什么都不说了。"

"哎呀,真可惜!"爱洛伊丝抗议说,"谈情说爱是一件多么美妙的事。"

"或许吧。你们的心很好。"沃尔夫说,"可经过一番思考,我觉得给小姐们讲这些事还是有点肉麻。抱歉,我得去游泳了。"

他转过身,走向大海,深深地潜入海水中,睁大眼睛,看着被沙子搅浑的水。

等他回过神来的时候，发现自己独自一人躺在"方地"的红草中央。在他身后，机舱门开着，阴森可怖。

他艰难地站起身来，脱下全身装备，放进机器旁的橱柜里，脑海丝毫没有留下刚才所见的景象。他一副醉醺醺的样子，跌跌撞撞，第一次问自己，如果所有的记忆都被毁灭了，自己是否还能继续活下去。这一想法，刹那间闪过脑海，转瞬即逝。这样的面谈，他还要做多少次呢？……

第三十二章

当屋顶掀起来又掉下去时,他模模糊糊地意识到家里发生了一些麻烦事。他走着,什么也不想,什么也不看,只想等待。某种事情即将发生。

走到离家很近的时候,他发现房子外观十分怪异,第二层有一半消失了。

他走进屋,莉儿正忙着一些无关紧要的事情,她刚从楼上下来。

"出什么事了?"沃尔夫问。

"你都看见了……"莉儿低声说。

"拉居里在哪儿?"

"什么也没有了,"莉儿说,"他的房间和他一起消失了。"

"弗拉莉呢?"

"她在我们的房间里休息。不要打扰她,她受到了很大的打击。"

"莉儿,究竟是怎么回事?"沃尔夫问。

"我也不知道。"莉儿说,"等弗拉莉回过神来你再去问她吧!"

"难道她什么也没有告诉你吗?"沃尔夫继续问道。

"告诉了,可我听了莫名其妙,"莉儿说,"或许是我太蠢了。"

"当然不是。"沃尔夫很有礼貌地说。

他沉默了一会儿,然后说:"肯定是那个男人又来盯着他看了,他又着急起来,跟她吵架了,对吗?"

"不,"莉儿说,"他跟那人打起来了,最后跌倒了,倒在自己的匕首上,被刺死了。弗拉莉说他故意刺伤了自己,但这肯定是个意外。据说有好几个男人跟他长得一模一样,在他死后就消失了。这个故事太荒唐了,让人听了简直站着都能睡着。"

"我们都是站着的,"沃尔夫说,"总得乘机做些事情,比如睡觉。"

"后来雷击中了他的房间,之后一切都随着他而消失了。"莉儿说。

"弗拉莉当时不在吗?"

"她刚刚下楼求援。"莉儿说。

沃尔夫思考片刻,雷电能产生很奇怪的效果。

"雷电的效果很离奇。"他说道。

"是的。"莉儿说。

"记得有一天,"沃尔夫说,"我正在围捕一只狐狸,突然下起一场雷雨,狐狸一下子就变成了蚯蚓。"

"嗯……"莉儿似乎不太感兴趣。

"还有一次,"沃尔夫说,"有个男人在路上被脱光衣服,涂成蓝色,外表也发生了变化,简直像是一辆汽车。坐上去的时候,它就开起来了。"

"哦,是吗?"莉儿说。

沃尔夫不吭声了。拉居里虽然不在了,但毕竟得上楼去。莉儿在餐桌上铺上一张桌布,打开餐具橱,拿出盘子、杯子、刀叉,摆在桌上。

"把那个大的水晶沙拉盘递给我。"她说。

这是她很珍爱的一个餐具,透明、精致,而且比较重。

沃尔夫弯腰拿出沙拉盘,莉儿刚摆好杯子。他把沙拉盘端到眼前,凝视着盘上丰富的颜色,随后感到了厌烦,松了手,沙拉盘掉落在地上,发出清脆的响声,碎成吱吱作响的白色粉末。

莉儿一下子惊呆了,盯着沃尔夫。

"我无所谓,我是故意的,"他说,"我觉得真的无所谓,即使你很伤心,我知道你很不高兴。但即便如此,我也没有什么感觉。我离开吧,到时间了,我该走了。"

他头也不回地走了出去,上身从窗边一闪而过。

莉儿神情呆滞,没有做出任何挽留的动作。她心里突然清醒地认识到,她将和弗拉莉一起离开这座房子,她们一起离开,不带上任何人。

她大声说:"事实上,他们生来不是为了我们,而是为了他们自己,而我们却生来什么也不为。"

她会留下女佣玛格丽特,让她照顾沃尔夫。

如果他回来的话。

第三十三章

机舱门一关上,沃尔夫便感到心头一阵巨大的恐慌。他大口喘着气,冰冷的空气几乎无法进入他渴望氧气的肺部,一块圆铁片压迫着他的太阳穴。轻盈的细丝飘过他的脸部,突然,他来到满是沙子的海水中。他看见了头顶空气的蓝色薄膜,便绝望地拼命游泳。一个裹着白色丝绸的身影掠过他身边,他本能地用手抓住了她的头发,然后冒出水面。他气喘吁吁,浑身湿透,看见面前有一个褐发的年轻女子,笑盈盈的,头发拳曲,阳光给她的肤色涂上了一层深邃的金光。她挥臂快速游向岸边。沃尔夫转过身来,跟随着她游向岸边,却发现那两个老妇人已经不在沙滩上。但不远处,在沙滩上,出现之前他并未注意到的一个小岗亭,他想先不理会它。他踩着黄色的沙子,走到女子身边。她跪在沙地上,解开背上泳衣的带子,以更好地享受阳光。沃尔夫在她身边躺下。

"您的铜牌呢?"他问。

她伸出左臂:"我把它戴在了手腕上,这样不会显得太正式。我叫卡尔拉。"

"您是最后一个来找我谈的人?"沃尔夫有点辛酸地问。

"是的。"卡尔拉说,"也许您会告诉我一些您刚才不愿意告诉我姑姑的事。"

"那两位太太是您的姑姑?"沃尔夫问。

"她们跟我长得很像,您不觉得吗?"卡尔拉说。

"她们是可怕的恶女人。"沃尔夫说。

"天哪,您以前可比现在温柔。"卡尔拉说。

"她们就像两只老母猪。"沃尔夫说。

"唉!您太夸张了,"卡尔拉说,"她们并没有问您什么下流的问题嘛……"

"她们特别想问。"沃尔夫说。

"那谁还配得上您的柔情呢?"卡尔拉问。

"我现在不知道了,"沃尔夫说,"曾经有一只鸟,栖息在我窗边的玫瑰枝上,每天早上都用嘴轻轻敲打窗户,把我叫醒;曾经有只小灰鼠,晚上常常散步窜到我身边,舔吃我在床头柜专门留给它的糖;曾经有一只黑白相间的猫,与我形影不离,当我爬上太高的树时,就跑去报告我父母……"

"只有动物。"卡尔拉指出。

"正是由于这个原因,"沃尔夫解释道,"我才设法让参议员高兴。就是因为那只鸟、那只老鼠和那只猫。"

"请问,以前,当您爱上一位姑娘时,"卡尔拉问,"我的意思是说当您热烈地爱上她的时候……如果得不到她,您会伤心吗?"

"曾经伤心过,但后来就不再伤心了。"沃尔夫答道,"因为我觉得还没到死的地步就伤心成这样子,未免太小心眼,我非常讨厌自己小心眼。"

"您抑制自己的欲望,真怪……您为什么不放开身心呢?"卡尔拉说。

"我的欲望总是牵涉到另外一个人。"沃尔夫答道。

"当然,而且您从来不懂得透过眼神去解读对方。"卡尔拉又说。他看着身边的她,这女孩清新可人,沐浴着金色的阳光,弯弯的睫毛遮住了黄色的双眸。他现在能透过她的眼睛去解读她,胜过一本打开的书。

为了摆脱自己所受到的吸引,他打开了话题:"书并非一定是用某种人人都懂的语言写成。①"

卡尔拉笑了,但并没有转过头去。她的表情发生了变化。现在已经太晚,显然太晚了。

"您以前一直能够抑制自己的欲望,"她说,"现在仍然可以。正因为如此,您会失望地死去。"

她站起身来,伸直腰肢,钻入水中。沃尔夫一直看着她,直至她那褐色的脑袋消失在蔚蓝的海水中。他不明白,等待了片刻,但什么也没有再出现。

他目瞪口呆,然后站起来,想起了妻子,莉儿。对她来说,他难道不是一个陌路人,一个已经死去的人吗?

沃尔夫软弱无力地走在软绵绵的沙滩上。他感到失望、空虚,感到自己完全被掏空了。他摇晃着双臂,在烈日下走着,汗流浃背。眼前出现一个阴影,一个岗亭的阴影,他走进去乘凉。岗亭有个小窗口,里面有个衰老的公务员,戴着一顶黄色的扁平狭边草帽,衣领僵

---

① 晦涩难懂的天书意象曾出现在伏尔泰的《查第格》中,此处对方之所以如同一部难以解读的书,是主人公的自态障碍和心理上拒绝解读对方所致。

硬，系着一条黑色的小领带。

"您在这儿干什么？"老头问他。

沃尔夫斜靠着窗口，不由自主地说："我在等待您提问。"

"您必须交一笔税。"公务员说。

"什么税？"沃尔夫问。

"您游了泳，就应该交税。"

"用什么交？我没有钱。"

"您得给我交税。"老头重复说。

沃尔夫使劲想了一下。岗亭里很阴凉，让他的头脑清醒了一些。这毫无疑问是最后一个提问，或者是那个鬼计划的倒数第二个提问。

"您叫什么名字？"他问。

"交税……"对方说。

沃尔夫笑了："什么税！我这就走人，交个屁税！"

"那可不行，"对方说，"不只是你一个人，所有的人都得交税，您必须像所有的人那样交税。"

"您的用处是什么？"沃尔夫问。

"我的用处是收税，"小老头说，"这是我分内工作。您完成您的分内工作了吗？您有什么用处？"

"存在就已经足够了……"沃尔夫说。

"绝对不够，必须做自己的工作。"老头回答说。

沃尔夫推了一下岗亭，岗亭并不牢固。

"在我走之前，您好好听着，"沃尔夫说，"计划的最后几个篇章都还不错，我们就一笔带过。我会更改一些东西。"

"做自己的工作，很有必要。"老头重复说。

"没有工作,就没有失业,对吗?"沃尔夫问。

"税,您得交,不要解释。"老头说。

沃尔夫冷笑着,有点夸张地说:

"我得听从我的本能。这是第一次,不,应该说是第二次了。我已经砸坏了一个水晶沙拉盘。您会看到我发泄了我生命中一种统治性的激情:对无用之物的憎恶。"

他用身体顶住岗亭,猛力把它推倒。老头仍端坐在椅子上,头上戴着那顶草帽。

"我的岗亭。"他说道。

"您的岗亭已经倒在地上了。"沃尔夫答道。

"您会惹麻烦的。我要写一份报告。"老头说。

沃尔夫扼住老人的脖子,老人呻吟着,沃尔夫强迫他站起来:

"来,我们一起来写这份报告。"

老人一边挣扎一边说:"放开我,马上放开我,不然我就喊人了。"

"喊谁呢?"沃尔夫问,"跟我走吧!咱们一起走。我们得做好本职工作,我的工作就是把您带走。"

他们走在沙滩上,沃尔夫的手像钳子那样卡住老头的脖子,老头弓着腰,黄色的靴子不断磕磕绊绊。烈日当空,炙烤着沃尔夫和老人的身体。

"先把您带走,然后……把您扔在地上。"沃尔夫重复道。

他果真把他扔在了地上,老人害怕得呻吟起来。

"因为您是个无用的家伙,您碍我的事,"沃尔夫说,"现在,我得抛开所有妨碍我的东西,所有的记忆,所有的障碍。我不再自我屈从、自我超越、自我愚钝……自我糟蹋,"沃尔夫高声吼道,"我不想糟蹋自己……因为我在耗费自己的精力,您听见了吗?!我已经比您还老!"

他跪在老头的身边,老头惊骇地看着他,像一条干渴的鱼,张大嘴巴。沃尔夫抓起一把沙子,塞进老头已掉光牙齿的嘴里:

"一把给童年。"

老人吐掉沙子,满嘴唾沫,透不过气来。

沃尔夫抓起第二把沙子:

"一把给宗教。"

第三把沙子塞进去的时候,老人已经面无人色。

"一把给学业,一把给爱情,把这些都吞下去吧。去他妈的上帝!"沃尔夫骂道。

他用左手将缩成一团的老头按在地上,可怜的老头几近窒息,只发出咕咕哝哝的声音。

沃尔夫戏谑地模仿贝尔勒先生:"还有一把是给您的所作所为,您不是一种社会团体的单元吗?"

他右手握成拳头,将老头牙缝中的沙子压紧。

"最后一把,是留给您无意识的焦虑。"沃尔夫最后说。

老头已经不再动弹,最后一把沙子落在他那黢黑的脸上,堆积在他凹陷的眼眶上,掩住了他充血的眼睛。沃尔夫目不转睛地看着他,喃喃说:

"有什么比死亡更孤独、更宽容、更稳定呢?……嗯,布鲁尔先生,有什么比它更可爱呢?有什么更适合它的功能……更无忧无虑呢?"

他不再说话,站了起来。

"首先,"他说,"我们抛开碍手碍脚的东西,把他变成一具尸体,即一件完美无缺的东西。因为任何东西都没有尸体那么完美无缺。这真是一个卓有成效的行动,可谓一举两得。"

沃尔夫往前走着,太阳已消失得无影无踪,从地面缓慢升起层层雾霭,萦绕成灰色的雾团,他很快就看不见自己的脚了,感到地面逐渐变硬,脚下踩着干硬的岩石。

沃尔夫继续说:"死人,很好,很完整,记忆没有了。一切都已结束。人不死,就不能完整。"

地面逐渐升高,变得很陡。起风了,烟雾随之吹散。沃尔夫弓着腰,艰难地用手攀着地面往上爬。天色很暗,但他仍依稀看见头顶是一堵陡峭的岩墙,上面长有藤蔓。

沃尔夫说:"当然,要想忘记,只需等待。这也是可以做到的。可是,就像其他事情一样……有些人耐不下心来等待。"

他几乎是贴着陡峭的岩壁,慢慢地升起,手指的一个指甲卡在石缝中,他用力一下把手拔出来。手指开始流血,鲜血在血管中快速地流动。

"当我们等待不下去的时候,当我们不太自在的时候,我们总有理由和借口,而如果我们消灭了妨碍自己的东西,也就是自身……我们就可以接近完满,形成一个闭环。"

他的肌肉由于用劲太大而痉挛。他继续往上攀爬,像苍蝇那样紧贴岩墙,长有尖锐荆爪的植物把他撕扯得体无完肤。最后,他气喘吁吁,精疲力竭,终于快到顶峰了。

他嘴里还在说:"浅色的砖头壁炉里,燃烧着刺柏的火苗……"

就在此时,他到达了岩墙的顶峰。他犹如在梦中,感觉到手碰到了冰冷的机舱,迎面吹来的冷风抽打着他的脸。他裸着身子,站在冷风中,哆嗦着,牙齿格格作响。一阵飓风吹来,他差点跌倒。

他咬紧牙关,大叫:"只要我愿意,我总能抑制自己的欲望……"

他松开双手,脸部线条放松了,肌肉也松弛了下来。

"可是我的欲望干涸之后,自己却死去了……"

风把他从机舱中刮了出来,他的身体在空中旋转。

第三十四章

"我们收拾箱子吧?"莉儿说。

"好!"弗拉莉答道。

她们坐在莉儿房间的床上,两个人都神色疲惫。

"这下好了,没有正经的男人了。"弗拉莉说。

"是的,没有了,只剩下那些可怕的色鬼,"莉儿说,"那些爱跳舞、穿得漂漂亮亮、胡子刮得干干净净、穿着粉色丝质袜子的色鬼。"

"或者穿着绿色的丝质袜子。"弗拉莉说。

"开着二十五米的超长轿车。"莉儿说。

"对了,我们会让他们爬着走。"弗拉莉说。

"膝盖跪在地上走,肚皮贴着地走。"弗拉莉继续说道,"而且他们还得给我们买貂皮大衣、蕾丝花边、珠宝首饰,雇女用人。"

"穿着蝉翼纱围裙的女用人。"

"我们不爱他们,"莉儿说,"我们要给他们脸色看,我们从来不会问他们的钱是从哪儿来的。"

"如果他们是聪明人,我们就把他们甩掉。"弗拉莉说。

"这就太棒了。"莉儿欣赏地说。

她站起身来，出去片刻之后又返回屋里，手上提着两个巨大的行李箱：

"喏，每人一个。"

"我绝不可能装满这个箱子。"弗拉莉说。

"我也不可能装满，"莉儿也同意，"但这更能撑门面，而且拎起来也没那么重。"

"沃尔夫呢？"弗拉莉突然问。

"他走了已经整整两天了，"莉儿十分平静地说，"他不会再回来了，而且我们也不再需要他。"

"我的梦想，"弗拉莉一边思考一边说，"我的梦想是嫁一个有很多钱的鸡奸佬。"

第三十五章

莉儿和弗拉莉走出家门时,太阳已升得很高。她们俩都穿得很漂亮,虽然可能有点太招眼,但还蛮有品位。她们最后决定把过于沉重的箱子留在莉儿的房间里,回头再请人来取。

莉儿穿着一条青莲色羊毛紧身连衣裙,衬托出上身和髋部优美的曲线,裙子的一边开有长长的衩口,露出烟灰色的长筒袜;脚下穿着打着饰结的蓝色小鞋,手上提着一个颜色相配的麂皮大包,头上戴有羽饰,与金发融为一体。弗拉莉则身穿一袭线条简洁的黑裙,配以一件有绒毛褶裥的衬衫,黑色的长手套配黑白相间的帽子。如此打扮很难不引人注目,但"方地"上空无一人,只有那台机器在空旷的天空中显得阴森可怖。

她们抱着幸存无几的好奇心,走过"方地"。曾接收过记忆的坑穴敞着大口,漆黑一团。她们低头探看,发现里面现在几乎满是暗色的液体,金属支柱上已经出现很深的腐蚀痕迹,十分奇怪。在沃尔夫和拉居里挖开土方安装机器的地方,红草已四处蔓生。

"这不可能持续很长时间。"弗拉莉说。

"是的,他又失败了。"莉儿说。

"他或许实现了原先的目标。"弗拉莉心不在焉地说。

"是的,或许吧。我们走吧!"莉儿也有些漫不经心。

她们重新上路。

"我们一到就去看戏,"莉儿说,"我已经好几个月没有外出活动了。"

"对,"弗拉莉说,"我也特别想去看戏,然后我们再去找一套漂亮的公寓。"

"天哪!我们居然跟男人生活了那么长时间。"莉儿说。

"是啊,我们真是疯了。"弗拉莉很是赞同。

她们穿越"方地"的围墙,尖尖的鞋跟敲击着路面。宽阔的"方地"上空无一人,巨大的钢铁机器随着天空的暴风雨慢慢解体。往西数百步处,沃尔夫赤裸的身躯躺在地上,面朝着太阳,几乎毫发无损。他的头弯着,以一种不同寻常的角度斜靠在肩膀上,显得独立于他的身体。

他的眼睛睁着,眼里什么也没有剩下,空空如也。